そして扉が閉ざされた

# 然后,门被关上了

(日)冈岛二人 著
张舟 译

化学工业出版社
·北京·

SOSHITE TOBIRA GA TOZASARETA

© Futari Okajima 1990

All rights reserved.

Original Japanese edition published by KODANSHA LTD.

Publication rights for Simplified Chinese character edition arranged with KODANSHA LTD. through KODANSHA BEIJING CULTURE LTD. Beijing, China.

本书中文简体字版由日本讲谈社授权化学工业出版社独家出版发行。
本版本仅限在中国内地（不包括中国台湾地区和香港、澳门特别行政区）销售，不得销往中国以外的其他地区。未经许可，不得以任何方式复制或抄袭本书的任何部分，违者必究。

北京市版权局著作权合同登记号：01-2019-8012

#### 图书在版编目（CIP）数据

然后，门被关上了/（日）冈岛二人著；张舟译．—北京：化学工业出版社，2020.4（2025.2重印）
ISBN 978-7-122-36399-2

Ⅰ.①然…　Ⅱ.①冈…　②张…　Ⅲ.①推理小说－日本－现代　Ⅳ.①I313.45

中国版本图书馆 CIP 数据核字（2020）第 039610 号

责任编辑：李　壬　　　　　　装帧设计：蚂蚁王国
责任校对：王　静

出版发行：化学工业出版社（北京市东城区青年湖南街 13 号　邮政编码 100011）
印　　装：三河市双峰印刷装订有限公司
880mm×1230 mm　1/32　印张 7¾　字数 220 千字　2025 年 2 月北京第 1 版第 7 次印刷

购书咨询：010-64518888　　　　　　售后服务：010-64518899
网　　址：http://www.cip.com.cn
凡购买本书，如有缺损质量问题，本社销售中心负责调换。

定　价：48.00 元　　　　　　　　　　　　　　　版权所有　违者必究

## 冈岛二人作品总导读

# "二人"世界 一个传奇

"曾有一段时期,我与推理完全绝缘。那时我沉迷于赛马,是冈岛二人的作品让我重拾对推理小说的兴趣。"

——日本著名本格推理小说家 歌野晶午

1989年4月28日,在留下27部高水准的推理杰作[1]后,与岛田庄司齐名、叱咤日本推理文坛已有八年的冈岛二人,突然宣布退出舞台。选择在职业作家生涯最辉煌的时刻离开,此举颇令书迷们扼腕心伤,也让熟悉他们的同仁们唏嘘不已。不论后来者如何言说,在二十世纪八十年代的日本大众文学界,他就是一个传奇!

几年后,一位刚刚"出道"的作家井上梦人发表了《两个怪人:冈岛二人盛衰记》,这是迄今为止最著名的冈岛二人传记,也几乎是唯一的一本。书中详细记录了这位作家引退前的所有生活秘辛,涵盖了从近二十年前的"出生"到走上推理创作道路,经由乱步奖

---

[1] 以冈岛二人名义发表的作品其实有28部,但其中的《热沙:巴黎—达喀尔的11000千米》写的是作者随行体验达喀尔拉力赛的种种经历,是一本非小说,且出版于其封笔后的1991年。无独有偶的是,与之齐名的岛田庄司也写有类似的作品《瀚海航行》。

出道转为职业作家，再到焚膏继晷、源源不断的笔耕生涯，最后走向隐没的整个历程。其间种种，"感其况而述其心，发乎情而施乎艺"，足令读过这本书的每一个推理爱好者为之动容。而之所以会达到这样的效果，盖缘于井上梦人（本名井上泉）正是亲身经历者——"冈岛二人"这个写作双人组的其中之一。

没错！如果说有栖川有栖、法月纶太郎是日本的埃勒里·奎因，是其创作风格的模仿者，那么冈岛二人则是其创作形式的实践者，由井上泉与德山谆一两人组成的、一个名副其实的"合体作家"❶。

## ※ 两个怪人 ※

我曾在拙文《和风万华镜：日本推理小说诸面观》❷中，就推理小说的合作书写现象做了简要分析。根据松紧程度，这一现象大致可分为三种情况：一是由出版媒体确定一个专题（如阿加莎·克里斯蒂、江户川乱步等大师级作家的诞辰、逝世周年纪念）或主题（如密室推理题材），再邀请多位人气作家进行"竞作"表演，由于限定条件不多，这样的作品大多不具整体性，结构松散；二是所确定的专题或主题有比较明确且顾及开放性的基础设定（尤其是舞台、角色等方面，类似于我国的"九州幻想"小说），这样的作品在剧情、人物上都有不错的看点，尽管仍是多数作家参与的创作却具备一定的整体性，如《蛤蟆仓市事件》《堕天使杀人事件》等；三是像冈

---

❶ 亦称"复数作家"，即由两人及以上的作家共用一个笔名进行创作，比如埃勒里·奎因（Ellery Queen）就是由曼弗雷德·李（Manfred Lee）和弗雷德里克·丹奈（Frederic Dannay）这对表兄弟合用的笔名。

❷ 见文化书刊《知日》第17辑《了不起的推理》。

岛二人这样的由"合体作家"创作整体性和完成度都很高的小说，参与其中的作家各有分工，共同或分别完成数部长中短篇推理作。

上述三种情况，依出现概率来排序是递减的。严格而言，在日本推理小说史上，第三种情况只有过这一次。亦即就目前来看，冈岛二人几乎是空前绝后的。虽说比较知名的"合体作家"尚有越前魔太郎，但稍了解些状况的读者应该都知道，这个由乙一、舞城王太郎、入间人间、秋田祯信等近十位作家共用的笔名，只是徒具其表，因为以该笔名发表的作品实际并不存在"长期合作"的情况，而是由各位作家独立创作在基本设定上具备一定统一性和关联性的作品罢了。当然，确实也存在着夫妻❶、亲友等进行共同创作的情况，但一来不具备合体性（没有使用同一笔名），二来不具备长期性（顶多合作三四部作品即止），三来不具备稳定性（都还有各自的独立创作且以此为主业）。因此，冈岛二人才显得那么的难能可贵，毕竟与埃勒里·奎因相比，如果不是来自命运之神的眷顾，井上泉与德山谆一原本是分属两个不同世界的陌生人。

关于"两个怪人"的结识及其合作历程，在上文提到的那本"自传"中有着非常翔实而有趣的记述，下面我试作简略说明。这还得从1972年6月12日的那次搬家谈起——

当天傍晚，时年21岁的井上泉因为没有稳定的工作，生活颇为窘迫，而妻子又怀孕了，他不得不迁出与朋友合租的工作室，搬到了月租金相对低廉的阁楼居住。前来帮忙的友人向井上介绍了一

---

❶ 比较著名的例子就是石井龙生和井原真奈美，两人合著了至少三部作品，其中《阿兰布拉宫的回忆》获得第15届ALL读物推理小说新人奖，《消灭回头美人》获得第5届横沟正史奖。

位新朋友叫德山谆一（1943年生），后者可以开车运送家具。这便是两人的初会，日本推理文坛一段佳话于焉开始。

当时的德山比井上年长七岁，任职于机械设计公司，无论是衣着打扮、待人接物，还是工作景况、生活品位，都显得要高出许多。井上学的是电影专业，梦想着未来能够成为这一行业的佼佼者。两人在兴趣爱好方面几无交集，真正促成两人合作的更多地来自德山对社会各个流行元素广博的涉猎，这其中就包括推理小说。

相识一年后，两人与那位共同的朋友合开了一家名为"巴别塔影像餐馆"的综合设计公司，主要从事电影、短片、写真的代理工作。但由于缺乏经验，又不懂得如何招徕生意，该公司没过多久就关张了。在没有业务、门可罗雀的某日，很早就已是推理小说迷的德山拿着当年（1973年）的第19届江户川乱步奖得奖作《阿基米德借刀杀人》给正在公司闲坐无聊的井上看，不懂推理界行情、没读过几本推理小说的井上对该奖所提供的高额版税感到不可思议，便开玩笑说不如报名参赛、试试运气呢。公司倒闭后，在发明专利、动画制作等多条创业之路上都遭遇碰壁的两人，最终决定将人生赌注押在推理创作上，此前的一句玩笑话成了现实❶。

1975年9月20日，两人商定将乱步奖当成龙门，首要目标就是以职业推理作家的身份出道。一年半后的某天，在准备首次投稿时，他们的脑中突然浮现出著名喜剧电影《单身公寓》❷的片名，

---

❶ 这段时期两人在工作之余亦有小说创作，以"市富柚子"为笔名。但彼时的创作，只为暂时消除和逃避创业过程中的艰辛和苦闷，并非以之为人生目标。

❷ 英文原名为 *The Odd Couple*，该片的日文译名为《おかしな二人》，读作"Okashina futari"，意即"两个怪人"。

遂以发音近似的"冈岛二人"❶为笔名。这一决定，两人坚持了七年之久才梦想成真。其间，他们过着边打工（以短工为主，曾当过柏青哥店员，也曾参加一些剧本创作用以练笔）、边阅读（近乎"推理小白"的井上为了实现目标"豁出去了"，开始大量阅读推理小说）、边构思（主要由德山负责）、边创作（主要由井上担当）的生活，共投稿了四部作品参赛，分别为1977年的《倒下吧，巨象》❷、1979年的《侦探志愿》❸、1981年入围决选的《希望明天好天气》❹和1982年最终得以登龙的《宝马血痕》❺。在这段漫长的岁月里，江户川乱步铜像和1000万日元奖金❻成为指引他们前行的明灯，而其醇熟的写作技巧、恰当的合作方式也正是在这些"屡败屡战"的经验中逐渐形成的。

按照井上的说法，两人的合作大致是一种类似于"滚雪球"的方式进行，即由某人发想一个点子，另一人接收后加以改良再传回

---

❶ 读作"Okajima Futari"。

❷ 一部棒球推理小说。由于首次应征就通过初选进入了复选，为冈岛之后的创作树立了信心。

❸ 这部本来自信满满的第二作却连初选都没有通过，令两人大受挫折。

❹ 冈岛的首部绑架推理小说，经大幅度改稿后于1983年得以刊行，成为冈岛实际上的处女作。其落选理由是当届评委之一的夏树静子认为该作的核心诡计在现实中无法实行，且已有前例。后来，冈岛曾专文对该评审意见予以反驳，指出该诡计在投稿的当时是可以实行的，而且整部作品的重点和魅力即在于这个完美应用上，而非诡计本身是否被人创造过。值得一提的是，冈岛在绑架推理题材上的大部分创意，都是在1977、1978这两年间想好的。

❺ 获得的是第28届江户川乱步奖。需要指出的是，当届产出的是"双黄蛋"——另一部获奖作是中津文彦的《黄金流沙》。另外，《宝马血痕》是繁体中文版的译名，日文直译应该是《焦茶色的粉彩》（焦茶色のパステル，"粉彩"为作品中涉案赛马的名字）。

❻ 乱步奖的正奖为一尊可托在手掌中的江户川乱步铜像，副奖为1000万日元的高额奖金，在每年的授奖仪式上由日本推理作家协会时任理事长颁予获奖者。

去,然后接着改良不断精进,最终形成小说未来的核心部分。具体分工是:德山负责将核心以"伏线→收线"的形式串联起来,并决定具体的细节的部分(如人物对话、舞台场景等);井上根据德山提供的内容列出纲目,执笔撰写整个故事。形成这样的合作方式,多少与两人各自的生活习惯、人生经历和性格特征有关,比如德山社会阅历丰富,熟悉大众文化潮流动向和各种公众性娱乐活动(特别是棒球、赛马、拳击、保龄球等体育运动和艺能界活动),具备产生灵感的沃腴土壤,在设想背景、对话等方面也得心应手、如临实境;井上则"宅人"味较重,对高科技的东西有很大兴趣,且沉浸于私人文艺活动(如读书、观影、听音乐、打电动等),具备专事创作的内外部条件,也容易静得下心来一气完成整部作品。

然而,正应了"合久必分"的定律,在正式出道尤其是1985年凭借《巧克力游戏》夺得第39届日本推理作家协会奖之后,这对兴趣迥异、性格互补的写作伴侣的"蜜月期"开始走向尽头。一方面,频繁的书商邀稿和媒体约访、严苛的创作截稿日等外部环境导致他们再也无法依照此前的合作方式进行创作(需要在灵感衍生、素材处理、构思布局、细节设置、行文结构、书名人名等多个层面进行反复研讨,费时费力太多,与出版方的要求矛盾日显);另一方面,对推理小说的认知、创作主题的考虑等内部环境也发生了嬗变,两人之间的落差越来越大(大抵是德山老派持重、井上新生图变,讨论时经常无法达成共识)。1989年,两人以《克莱因壶》作为"诀别宣言"(其实是由井上独立完成[1]),告知世人冈岛二人正式"拆

---

[1] 井上在回忆录中这样写道:"我要一个人写。因为那本来就是我的作品。"

伙"。嗣后，两人分别以田奈纯一和井上梦人为笔名，各自开辟了"单身公寓"独立过活（从取得的成就来看，分手后的德山渐趋沉寂，远不如井上声名依旧❶）。

## ※ 绑架的冈岛 ※

曾有一段时间，冈岛二人在日本就是"绑架推理"的代名词，尽管从数量上来看，他这方面的作品只有五部，并不比其同样擅长的"体育推理"多。但由于冈岛的"诱拐物"❷气质实在独特，且质量一本比一本高，往往予人难以磨灭的深刻印象，遂有读者将他与几乎同期出道、热衷书写"分尸杀人"题材的岛田庄司合称为"分尸的岛田，绑架的冈岛"❸。

根据《两个怪人》一书中的描述，"绑架"是井上和德山唯一共同喜爱的题材。在"绑架推理"真正成为冈岛作品的主要标签之前，带有深深的德山印记的"体育推理"才是主流，而其出版的前三部作品更无不以"赛马"为题材，有着"赛马三部曲"之称。因此，

---

❶ 德山谆一在1991年于《小说推理》杂志发表了长篇作品《猫步》，该作并未得到单行本化的机会，之后他只是为推理节目、推理剧和漫画担当谜题或诡计的设计者，却未再有新作问世；而井上泉则已著有十四部质量不低于两人合作时期的小说，始终回应着读者的期待。

❷ 日文中"诱拐"即指"绑架"，而"诱拐物"则是书评人士和资深读者用来指称冈岛创作的"绑架推理小说"的专有名词（在日本，以"物"为后缀多用以彰显某位作家的一定数量作品有着整体的、区分度较高的独特风格气质，比如逢坂刚的作品就有"西班牙物"之称）。

❸ 日文写作"バラバラの島田、人さらいの岡嶋"（后者亦作"誘拐の岡嶋"）。岛田庄司于1981年12月凭借本格推理迷心目中的"梦幻逸品"、乱步奖历史上最著名的"遗珠"（落选作）《占星术杀人魔法》正式出道，而冈岛二人则是在不到一年后的1982年9月以乱步奖获奖作《宝马血痕》出道。

十分有必要稍微花些时间先来谈谈这部分作品。

对于冈岛二人的作品特质，日本的推理评论家和读者们的观点几乎是一致的，无外乎"浅显易懂的行文风格""存在感强烈的人物造型""令人眼花缭乱的剧情铺展"等，这在其出道作《宝马血痕》中已初现端倪。故事以发生于某知名牧场的赛马评论家、牧场长及两匹纯种赛马被射杀的事件揭开序幕，由正准备与该评论家离婚的妻子和她在赛马杂志当记者的好友组成侦探二人组追踪案件真相。作者借浅白流畅的对话、层层推进的剧情，让即使对赛马运动一无所知的推理迷也能轻松阅读，而在对射杀案凶手及动机的探寻过程中又加入了名马血统问题、群体贪腐事件等内容，结构缜密、意外迭起，足见其不凡笔力。但本作的缺点也是明显的——本格诡计稍显单薄，而社会派议题、主角本身的家庭感情羁绊等描写则接近蜻蜓点水、触及不深，很难对读者造成较大的冲击力。

之后，冈岛二人于1983年推出的第二作《第七年的勒索信》、第三作《希望明天好天气》也都是"赛马推理"❶。前者讲的是中央赛马会接获"让指定的马获胜"的勒索信，随后恐吓事件成真，而经过追查，线索竟然指向了七年前的一场马传染性贫血病。后者讲的是一匹价值三亿二千万日元的纯种名驹遭遇意外性骨折，相关人员突发奇想——将其毒死后伪装成绑架案——于是原本带有揭示赛马界黑幕的社会派推理色彩的故事转向了"如何顺利拿到巨额赎金"这一娱乐性更胜一筹的绑架诡计遂行上，这也是冈岛首次踏足

---

❶ 尽管这之后冈岛的选题不再与赛马界接壤，但毕竟是用到熟烂的材料，偶尔还是会忍不住技痒，将相关内容巧用在意想不到的地方。这方面比较典型的例子就是《巧克力游戏》，此时的"赛马"桥段就只是谜团设计中不可或缺的一环而非主题了。

"诱拐物",其可读性明显高于出道作。

依仗"赛马三部曲"的成功,冈岛得以超越海渡英佑、佐野洋、西村京太郎、三好彻等多位从事过"赛马推理"创作的前辈,赢得了"日本的迪克·弗朗西斯❶"这一美誉。

自《希望明天好天气》开始,冈岛二人又先后创作了《锦标赛》(1984年)、《藏得再完美也……》(1984年)、《七天内的赎金》(1986年)、《99%诱拐》(1988年)等四部绑架推理小说,从而正式走进"诱拐物"的世界。其中,《锦标赛》延续了前作"体育推理"结合"绑架推理"的风格,讲的是某著名拳击手的外甥遭绑,绑匪却提出了令人吃惊的奇怪条件——不要赎金,只要在即将开打的锦标赛中击倒(K.O.)对手获胜就放回人质——本作是一部在绑架条件上独出机杼的作品;而《藏得再完美也……》则是将警匪斗智的绑架议题放到了艺能界,说的是一名新人歌手遭绑,歹徒提出了一亿日元的赎金要求,作品除了在赎金领取环节这个"绑架推理"最有魅力且最具挑战性(对作者要求较高)的部分有不错表现外,还夹杂了不少演艺行业的内幕描写,颇有些社会派推理风味。如果说这前三部作品只是冈岛的"诱拐物"中达到较高水准的开胃甜点,那么后两作则是真正帮助其完成"冈岛二人 = 绑架推理"这一等式

---

❶ 迪克·弗朗西斯(Dick Francis),1920年10月31日生于威尔士。受职业赛马师的父亲影响,他自少年时代就喜欢骑马。第二次世界大战中,他在皇家空军服役六年。战后,他顺利成为职业骑师,被授予全英冠军骑师的光荣头衔。1962年,迪克开始转向与运动生涯相关的"赛马推理"创作,从首作《宿命》(*Dead Cert*)到去世后出版的《交火》(*Crossfire*),他创作的四十多部推理小说基本都是赛马题材。1980年,他获得英国犯罪作家协会(CWA)颁发的金匕首奖;1990年,更被授予代表英国推理界至高荣誉、带有终生成就意义的钻石匕首奖;1995年,他凭借《无由之灾》(*Come to Grief*)获得了由美国推理作家协会(MWA)颁发的爱伦·坡最佳小说奖,并于翌年被授予大师奖。

的大餐了，尤其是完成度极高、在同侪中出类拔萃、被视为其生涯代表杰作之一的《99%诱拐》。

一般来说，绑架推理的主要看点就在于施救方（以警方、人质家属为主）与犯罪方（基本就是绑匪了）之间斗智斗勇的"攻防战"，而"标的物"（绝大多数情况下是赎金）进行交割的桥段则设计成作品的高潮部分。冈岛前三个"诱拐物"的重心还是停留在了对施救方、犯罪方、"标的物"和交割过程这四大要件的"创新"上，比如不再是赎金、别具一格的"标的物"（《锦标赛》），施救方与犯罪方身份的转换（《希望明天好天气》《99%诱拐》）等；后两个"诱拐物"则野心更大，将整个绑架事件当作表层，原本应是高潮的交割戏码却只是前戏和外衣，后面居然别有洞天，有另一个更加复杂诡谲、惊心动魄的绑架事件（《99%诱拐》是由过去与当下两个互有关联的绑架案构成整个故事），或完全推翻整个事件性质和创作旨趣的内容（《七天内的赎金》实质上是披着绑架之皮的"密室物"）在候着读者，这就是冈岛二人厉害之处——即便是同样的主题（体育推理、绑架推理），也不会出现重复的哪怕是近似的内容——反观二十世纪八十年代，在大多数推理作家都投向冒险动作小说、旅情推理小说的怀抱，创作风气被带往样板化、公式化的渊薮的大势之下，冈岛逆流而动、求新求变、注重"剧情至上"、奉行娱乐主义的思路轨迹，这一点与抱定和坚守本格创作的岛田庄司同样令人钦佩[1]，亦是读者之福。

---

[1] 参见拙文《日本"本格冬天"里的孤军奋战》，地址：http://book.douban.com/review/1708781/。

《七天内的赎金》开头就直接进入赎金交接环节，当这个看似是"诱拐物"的故事铺展到大约60页的时候，剧情猛然斗转星移向"密室推理"发展❶。该作的另一大看点是侦探二人组近石千秋与槻代要之助的恋爱故事，特别是千秋心理上的细微变化体现在作者的笔端堪比高端的爱情小说，这也是向来讲求"剧情至上"的冈岛难得如此纯粹地在不影响本格元素发挥作用的前提下，将角色魅力当作一档正事来锻造❷。

相较而言，《99%诱拐》则呈现出了另一种独特气质——"多重绑架"，是冈岛"诱拐物"的集大成之作。第一章的内容是受害者（人质的父亲）关于二十年前发生的绑架事件的手记，这一事件以警方失败、赎金被取走告终。自第二章开始，视点转移到现代：某品牌制造商社长的孙子被绑架，赎金要求为价值十亿日元的钻石。绑匪自始至终使用的是电脑合成音，且从未露脸，可谓高科技罪犯。而进行钻石交接的角色，被指定为二十年前那次绑架事件中的人质生驹慎吾。现代的事件中绑匪如何拿到赎金，过去的事件由谁策划实施，犯罪动机是怎样的……种种疑问在最后有了一个近乎完美的大收束。该作的"多重绑架"除了体现在"绑架案＋绑架案"的结

---

❶ 推理作家斋藤纯在为《七天内的赎金》撰写的解说中这样写道："把这本书算作绑架推理，简直是一种欺诈行为……或者说，这本身就是作者使用的本格诡计。"另外值得一提的是，本作中使用的核心诡计，灵感来源于冈岛的第二本乱步奖落选作《侦探志愿》。看来，作者还真是不愿轻易丢掉曾经的创作成果，哪怕它不被评委认同。

❷ 以至于该书出版后有众多读者呼吁作者创作更多的系列故事，好好交代千秋与要之助这对恋人的感情未来，但冈岛显然并没有回应这一呼声。关于作者为什么要在故事主线外安排这一大有看头的恋爱支线，当时也有书评人推测侦探二人组的关系，实际上是冈岛这个写作组合中两位作家关系的曲折写照，但井上并没有在《两个怪人》中予以针对性的阐述。

构设置且两案互有对应、因果关系这一剧情安排上外，还植根于牵涉其中诸色人等的外在行为模式、内心情感表达皆受事件的"绑架"而无法脱出这一深层设定。正是凭借《99%诱拐》的优异表现，冈岛二人顺利斩获第十届吉川英治文学新人奖，只不过这对"新人"在仅仅一年后就解散了，还真是说不出滋味的讽刺啊。

在制造"诱拐物"的空当，冈岛二人也创作了不少其他题材的作品，其中就有同样被视作其代表作的《然后，门被关上了》（1987年）和《克莱因壶》。前者是部纯本格作品，被评为"极北❶的逻辑游戏小说"；后者为科幻推理，且被认定是日本"虚拟实境"❷的开山之作（在当时，该技术属于超新科技，其概念尚未普及，大众知之甚少❸）。这两本书与《99%诱拐》并称为"最高的冈岛三作"。

《然后，门被关上了》讲的是某富豪的独生女横死在自家别墅附近的悬崖下，当时别墅中还有四名年轻男女，据称都是死者的朋友，受其邀请前来游玩。死者的母亲认定杀死女儿的凶手就在这四

---

❶ 日文中极北的本义是"最北面""接近北极之所"，后引申为"事物达到极限之处"。

❷ 即 Virtual Reality，又译为"虚拟现实"，简称 VR。指的是利用电脑模拟产生一个虚拟世界，提供给用户关于视觉、听觉、触觉等感官的模拟，让用户如同身历其境一般。该技术集成了计算机图形、计算机仿真、人工智能、感应、显示及网络并行处理等技术的最新发展成果，是一种由计算机技术辅助生成的高技术模拟系统。一般认为，此概念是由杰伦·拉尼尔（Jaron Lanier）和他的公司创造并推广的，他们开发了第一个被广泛使用的头戴式可视设备（EyePhone）和触觉输出设备数据手套（Data Glove，《克莱因壶》中出现的那款 K1 手套即以之为蓝本）。

❸ "虚拟实境"概念在日本的普及是在二十世纪九十年代中后期，随着《割草者》（*The Lawnmower Man*）、《异次元骇客》（*The Thirteenth Floor*）、《黑客帝国》（*Matrix*）等一大批以这一技术为题材且备受欢迎的电影热映，才开始大量出现与之相关的小说、漫画、电影、动画。

人当中，于是设计将他们关在逃不出去的密室里，让他们回忆当时的状况，经由彻底的讨论找出真凶。伴随时间的推移和推理论战的白热化，四人相互猜忌、嫌隙横生，真相也逐渐浮出水面。本书的魅力在于将舞台设定为极限的密闭空间，而且在只有四个嫌疑人的情况下，所谓的真凶真相却不断翻转，到最后所还原出来的整个事件是骇人听闻的。由于冈岛甚少写纯粹的本格推理，这使得本书凭借极高的意外性、可读性和逻辑性，成为其难得被多个经典推理榜单（尤其是本格榜单）都予以收录的作品。

冈岛二人的告别作《克莱因壶》是一本手记，内容是主角上杉彰彦投稿参加某游戏书原作大赛却铩羽而归，不久某公司表示愿买下该作版权并利用虚拟实境技术将之改编为新型体感游戏，还邀请其在游戏制作完成后帮他们进行测试。在多次试玩的过程中，上杉开始对该公司产生了诸多疑问，但同时也因分不清虚拟和现实，逐渐丧失了自我意识……总的来说，这是一部拥有"噩梦特质"的小说，由于手记体本身所使用的第一人称叙述视点，加上流畅的行文、跌宕的剧情、悬疑的氛围和开放式的结尾，造成读者在阅读过程中极易产生身临其境的强烈代入感，必将是一次鲜有的、堪比3D观影、脑洞大开的、深陷其中难以自拔的独特体验，这是"由魅惑文字构成的饕餮盛宴"。

## ※ 八年的遗产 ※

借由近八年的创作成果，冈岛二人留给后世推理作家的遗产难以计数，其中最主要的就是"拒绝重复"的创作态度，这造就了其作品的主题多样性、角色非系列化和阅读过程高享受感。

冈岛笔下的主题相当多元，除了"体育推理"和"诱拐物"外，还著有其他题材的作品，如摘得第39届日本推理作家协会奖的校园推理力作《巧克力游戏》（对校园霸凌、学生犯罪等社会派议题和"不在场证明"等本格诡计多有涉及，值得一读）、触及征信业内幕的写实本格杰作《解决还差6人》（1985年）、B级悬疑惊悚大作《血腥圣诞夜》（1989年）、幽默推理连作短篇集《该死的星期五》（1984年）和长篇《非常卡路迪亚》（1985年）、只有在特定的不可能状况下才能追查犯人的"奇味"推理《不眠之夜的杀人》（1988年）和《不眠之夜的报复》（1989年）、质量齐整风格各异无一劣作的短篇集《开个没完的密室》（1984年）和《被记录的杀人》（1989年）、难度超高的游戏书原作《查拉图斯特拉之翼》（1986年）、堪称"诡计大全"的极短篇谜题集《不妨当个侦探吧》（1985年）等。这样的创作广度是德山、井上两人在各个领域爱好叠加和知识经验层面互补的结果，如此"多面"恐怕在同时及后来的作家中大概也只有栗本薰、宫部美雪、东野圭吾等寥寥几人能够企及。

不想创作系列角色也是冈岛二人的特征之一，井上曾公开表示，"对于用过一次的角色，我们都十分反感，因此基本不会写系列小说"。事实亦确乎如是，他的二十七本推理小说中出现过的系列角色就只有连作短篇集《吾乃万事通大藏》（1985年）中的钉丸大藏、《该死的星期五》和《非常卡路迪亚》中的"山本山二人组"、《不眠之夜的杀人》和《不眠之夜的报复》中的"搜查0课三人组"，且出版册数均未超过两本。几乎可以断言，"讨厌系列角色"根本就是冈岛二人注重和贯彻"剧情至上"理念的必然结果。从本格推理与社会推理的区别特征来看，前者更加依仗诡奇的剧情来吸引读者，角色的性格、身份是服务于剧情发展的；后者则靠人物的魅力及其身上所投射出的社会现象来引起读者共鸣，由人物性格来决定命运暨剧情的走向。通观冈岛二人的作品，其骨子里还是偏向本格的多，即便在其中掺杂了一些敏感的、流行的社会议题，也多是或闲笔带过或含蓄窥探，甚少以之为旨、深触其核，因此往往造成人物略显扁平、个性不足等缺憾。对于这一点，《两个怪人》中也有提及："登场人物只是'棋子'，是为剧情而存在，是为将包含故事的小说全体引导至同一个方向而存在……（但）即使是'棋子'也得下一番功夫，让读者感觉不出他们是'棋子'。"也就是说，冈岛对角色的塑造态度是在保证"剧情受我控制"的基础上，尽量给予登场人物鲜明的个性。这也是为什么虽然冈岛笔下的角色失之圆润，却也不是随处可见的白纸一张，像《99%诱拐》中的生驹慎吾、《克莱因壶》中的上杉彰彦，就都是令人深刻的人物形象。

大抵来说，"剧情至上论"的本质是小说创作（特别是类型文学创作）的娱乐主义精神在作祟。倘若放在"作者—作品—读者"这个三元结构中，可以发现看重"在剧情上逐渐逼近事件核心，要尽可能制造越来越高的阅读快感"的冈岛，明显是将读者放在第一位的，作品必须满足读者的感受。出于希望读者充分享受阅读过程的考虑，冈岛的作品鲜见单个"梗儿"从头耍到尾，而是谜团持续增加、悬念持续增高的"脑力风暴"，犹如"长江三叠浪"般绵延不尽。因此，冈岛的推理小说常常拿起来不看完是没法放下的，有时即使看完了也还在引人继续思索个中关节，比如《然后，门被关上了》《克莱因壶》便是如此。

冈岛二人告别文坛的这许多年来,其遗产已成为新秀作家们的成长养料,贯井德郎、歌野晶午等人都曾受教良多,甚至创作了质量不低的致敬作品。

现在,冈岛和岛田分别栽下的大树皆已根深叶茂,其枝枝蔓蔓无不向世人诉说着"推理无限大"的终极奥义。

资深推理人　天蝎小猪

# 1

最后的记忆停留在缀有白色花边的沙发套上。毛利雄一的眼角捕捉到了从花边脱落的两根线头。这是一张装饰有些累赘的双人圆角沙发，靠背和坐垫被包裹在苔绿色的布中，上面满是鲜艳的玫瑰花纹。倦意使雄一的头垂向了扶手，唯有从花边脱落的那两根线头映入他的眼帘深处。

醒来时，身下的双人沙发不见了。雄一仰面躺在铺着薄地毯的硬质地板上，这是一个他从未踏入过的奇异房间。

有人抓着他的左肩摇晃。根据肩上的触感，那是一只女人的手。稍显迟疑的手掌又在雄一的肩上推了两三下。

"雄一先生。"

声音很耳熟，是一种拥有透明质感、仿佛正向这边包裹而来的声音。语气中似乎含着些许焦躁。

"快起来啊，雄一先生。"

雄一猛然睁开双眼。面前是一张美女的脸，正凝视着自己。雄一眨了好几下眼，女人终于露出放心的表情，长舒了一口气。

"你还认识我吧?"

"鲇美……"

雄一轻声念出了女人的名字,一边自问这不会是一场梦吧。

他曾经盼望每天早上由影山鲇美来唤醒自己。被她唤醒,享用她备好的早餐。他曾经梦想能过上这样的日子。

"你是鲇美?"

雄一问这个正在打量自己的女人。女人点点头,她的手在雄一的肩头上又加了几分力。雄一握住了这只手,柔软的触感,是真的手。

然而,雄一并没有被鲇美唤醒的感觉。他想,如果他是被唤醒的,理应会有前一晚的旖旎回忆相伴。而且最重要的是,这里不是床,身下只有坚硬的感触,自己正躺在某处的地板上。

已经有三个月没和鲇美见面了。她应该给过电话号码,但那张纸条被自己弄丢了,凭着模糊的记忆胡乱打了几个号码,都不对。不清楚鲇美住在哪儿,就连大学的名字也不知道。而她也没再来找过他。三个月前的那四个日日夜夜过去后,他和鲇美的关系也终结了。

然而,现在鲇美的手就放在自己的肩上。他试着握紧了这只手,俯视着他的鲇美表情一变,像是"噗"的一声笑了。

"你感觉怎么样?起得来吗?"鲇美问。

脑子里有一种火辣辣的、像毛刺一样的东西,和宿醉不醒不同。难道是喝酒不得法?但雄一不记得自己喝过酒。

"我……这是怎么了?"

"不记得了?"

"嗯。这是什么地方?你怎么会在这里?"

"看来不行啊……"

鲇美叹了口气，把手从雄一的肩上收回，缓缓地摇了摇头。

"不行？什么不行？"

"本来我还指望雄一先生能知道些什么。原来你也跟我们一样。"

"我们？"

雄一看了看鲇美，他被这话吓了一跳，立刻站起身来。一瞬间，胃中生出了轻微的不适感。鲇美蹲着身子，奇异的房间在她背后延伸开来。

屋里站着一男一女，两人正注视着雄一。都是熟面孔。不知是因为兴奋还是恐惧，两人看上去都面色苍白，表情极度紧张。男的叫成濑正志，女的叫波多野千鹤。和鲇美度过的那四天的记忆，与雄一关于他俩的记忆是相互重叠的。是的，三个月前，那短短四日间的记忆……

"这是怎么回事？"

雄一望了正志和千鹤一眼，又将视线转回到鲇美身上。无人作答。

雄一环顾四周。

这是在哪里？

找不到一扇窗，唯有天花板下的一排日光灯照耀着室内。可以说房间整体呈半圆柱体状，只涂了米色漆的寒酸墙面弯曲成一个筒形，最终与天花板相接。

房间长六米多，宽约三米，感觉像是兵营或仓库，要么就是一艘内部搬空了的潜水艇。室内没有丝毫装饰，房间大致在中央处被一分为二，雄一等人所在的这一半，地面比另一半的低一截。

另一半的左右墙上各安有一张折叠式吊床，构造非常简单，不过是在铁管框架外蒙了一层帆布。框架的一侧被固定在墙上，另一侧由天花板上垂下的两根带子吊着。床下的地板上堆着一摞白色毛毯。

两张吊床之后的墙上——也即半圆柱体的一侧半圆——装有铁梯。铁梯直抵天花板的角落，与一个舱口盖似的方盖相连。银色的盖子紧闭着，看得到表面凸起的手柄。

雄一身后的另一侧半圆上有一扇门，样子十分夸张。略显椭圆状的铁制门扉坚实地坐镇于中央稍稍偏左的地方，门上附有巨大的手柄，看上去气密性颇高，除非去录音棚或特殊的实验室，平时怕是难得一见。

门的右侧是一个小小的洗碗池，只有一个不锈钢水槽，和门一比简直渺小得可怜。往上看，只有正对洗碗池的那块天花板凸起了圆圆的一块，细细的管道从这凸起中穿过，沿墙壁向下延伸，与水龙头相连。管道在中途分岔，其中的一根消失于侧墙之中。

洗碗池旁装了个小架子，上面倒扣着四只塑料杯。洗碗池下并排放着两个被胶带捆在一起的纸箱，箱子表面没有印上任何文字。

门左侧的墙上固定着一个奇形怪状的装置，就像安了个曲柄的水压阀。一根粗管从装置上方伸出，中途一分为二，一根穿墙而出，另一根则沿墙攀升直到天花板的中央。那管子上又有两处安装了洒水口似的圆形阀门，雄一完全想象不出这是干什么用的。

头顶上，两盏日光灯分列粗管的两侧，可以看到灯与管道之间有个像小灯泡似的东西，但发光的只有日光灯。洗碗池右边的墙上有一个按钮，应该是日光灯的开关。

这就是全部，除此之外屋里再无别物。

"这是什么地方？"雄一说出了心中的疑问。

他的眼睛逐一扫过鲇美、正志和千鹤。三人全都默默地注视着他。

"这到底是怎么回事？"

雄一再度发问，鲇美摇了摇头。

"没人知道。"鲇美生气似的说。

"不知道？"

"千鹤醒得最早，"鲇美朝千鹤望去，"我和正志是被她的尖叫声弄醒的。那时雄一先生没醒，还打着呼呢。"

"……"雄一皱起眉，看着鲇美。

"大家都和你一样，醒过来发现自己躺在这里的地板上，谁也不知道是怎么回事、这里是什么地方。"

"等一下！你在说什么？我怎么一点也……"

"我是说这事我们完全搞不懂！"鲇美突然站起身，用颤抖的手指指向雄一，显得十分焦躁，"我还以为你可能知道些什么，就把你叫醒了。是我们想问你，为什么我们会变成这个样子！"

"简直是一头雾水。"雄一推开鲇美的手指，"你到底在说什么？我想知道的是，我为什么会在这里！还有你、正志和千鹤。这到底是怎么回事？"

"我不是说了不知道吗！"

雄一听到一阵呜咽声，他将视线转向千鹤。千鹤的脸上露出了泫然欲泣的表情。

"放我出去，放我离开这里……"

"……"

放我出去？

雄一回头凝视铁门。手柄在日光灯下呈现出暗淡的弧线。他挺腰从地板上站起来，发现自己没穿鞋，环顾四周，但没能找到鞋子。

雄一走到门前，握住手柄试图旋转。

"……"

手柄像是卡在了什么地方似的纹丝不动。雄一用尽全力一拉，然后再往前推。

"打不开。"正志在他身后说，"我们早就试过了。"

"什么？"

雄一回头看着正志，正志也脸色苍白地注视着他。

"试过了？试过什么了？"

"我是说……"正志颤抖着声音说，"我们早就想过能不能打开这扇门了。"

雄一用脚踹门，但只给室内带来了"哐"的一声闷响。他再次握住手柄，压上身体的重量，用力地往下按，然而手柄只是深深地嵌入手心，留下了一道暗红色的印迹。

雄一回头奔向屋子的另一侧，从千鹤和鲇美身边跑过，抬脚踏上了吊床所在的另一半空间。他爬上墙边的铁梯，抓住方盖下的手柄，手上使足了劲。

"……"

竟然纹丝不动！竭尽全力摇晃扭动也是徒劳无功。

雄一猛拍方盖，叫道："喂！快把这盖子打开！外面有人吗？快打开！"

"我们被囚禁了。"正志在屋子的另半边说道。

雄一在梯子上回过头，只见正志渐渐地矮下了身子。

"放我出去啊……"千鹤声嘶力竭地叫道。

被囚禁了？为什么要囚禁我？

雄一怒视着方盖从梯子上下来，转身面向另外三人。

"这到底是怎么回事？"

无人回答。

"门为什么打不开？回答我！为什么呀？你们告诉我，这是什么地方？别不吭声啊，快回答我！"

雄一的手伸向蹲在地上的正志，猛摇他的双肩。

"你倒是说句话呀！"

"我也想问啊！"正志拼命地摇着头，大声叫道，"我也希望有人能告诉我这是怎么回事啊！"

雄一望向千鹤，千鹤紧咬下唇瞪视着他。雄一再次将目光投向鲇美。

"我们被人弄昏了。你不记得了吗？你也是吧。你也被咲子的母亲弄昏了！"

"咲子的……"

雄一瞪大了眼睛。记忆的某处绷裂了。

咲子的妈妈……

雄一的脑中突然浮现出那两根从花边上垂落下来的线头。

# 2

接到三田雅代的电话，还是在早晨的时候。

雅代希望雄一和她一起去咲子的墓地，不容分说的语气和之前一样。

"我既没叫你参加葬礼，四十九日忌也请你回避了。但是，我觉得你至少可以在墓前献朵花吧。你说呢？"

雄一实在没这个心情。扫墓没问题，但他受不了和雅代面对面相处。

"难道你不觉得咲子很可怜吗？在你的情感世界里，那孩子已经消失得无影无踪了吗？"

不，这怎么会……话到一半，雄一说不下去了。

雅代只顾一个劲儿地往下说："总之，我希望你能来我家。我会备好车的。"

"啊，不不……我直接去墓地。"

"请你先来我家。我有一样东西必须在出发前交给你。"

"什么东西……？"

"你来了以后，我会给你看的。是咲子留给你的东西。"

"留给我的？"

"请你务必过来一次。"雅代最后叮嘱了一句，便挂断了电话。

咲子留给我的东西……

想不出会是什么。雄一觉得心情更沉重了。他打电话给录音室，托对方给乐队的伙伴捎个话，说他可能会晚到。

雄一拜访了三田家，比指定的时间晚了十五分钟。被请进宅子后，他发现这里的氛围和以前来的时候不一样。空空荡荡，总觉得到处都是灰蒙蒙的，仿佛失去了生活的气息。

说起来，出门迎接他的也是雅代本人。难道用人都去休假了？

雅代把雄一领进客厅，硬让他坐到绣着玫瑰花纹的双人沙发上，还在玻璃杯里倒满橘子汁请他喝。

"把这个喝了。"

也许是意识到雄一正在观察室内的情况，雅代在斜对面的沙发上坐下，扑哧一声笑了。笑意攀上了鼻尖，这一点和她女儿一模一样。

"我打算卖掉。"

雄一注视着雅代。

"把这个宅子？"

"我觉得还是卖掉的好。我一个人住嫌大。"

"一个人？可是……"

"咦？"雅代看了看雄一，"你不知道吗？我丈夫已经去世了。"

"去世了……"

雄一不知道。没人通知过他。

"是的。你应该知道吧，我丈夫住院的事。"

"知道。"

"我丈夫很宝贝咲子。那孩子失踪后，他非常痛苦。以前他就心脏不好，需要经常去医院看病，因为那件事他完全垮了。"

"……"

"入院后他出过一次院，但出得真不是时候。可以的话，我真希望找到咲子的时候他没在家里。"

雄一望着眼前的玻璃杯，不知该说什么好。

"把这个喝了。再放下去就不凉了。"

"啊……"雄一喝了口果汁润了润喉。果汁甜得发腻。

"说找到那孩子的时候,是我丈夫接的电话。最不该通知的人却第一个听到了那孩子的噩耗。"

"……"

"我和我丈夫去了警察医院,他昏倒在医院的走廊里,三天后就死了。"

雄一垂下双目,又喝了一口果汁。他知道雅代在观察自己,只觉得如坐针毡。

"对了。"雅代边说边从沙发上站起来,从屋子另一侧的餐具橱上拿来一个长方形的信封,放在玻璃杯旁。雄一看了看信封,抬头望向雅代。

"这是从咲子的书桌抽屉里找到的。你看一下吧。是写给你的。"

信封表面没有字。雄一怀着近似恐惧的感觉,拿起了信封。

里面有一张对折起来的卡,是精品屋之类的商店销售的贺卡。卡的表面印着一朵玫瑰花,宛如飘浮在纸上,旁边则是咲子手写的一行字:毛利雄一先生。

雄一沿折痕翻开贺卡,在玫瑰花纹围成的框中看到了咲子的留言。

*爱你 爱你 爱你*

*咲子*

雄一凝视着这些字。咲子装腔作势的笑脸仿佛与它们重合在了一起。

"想亲我吗？"咲子总是这样问雄一。

"只要说一声'我爱你'，就可以亲我。"

这时，雄一就会说"我爱你"。每解开一个纽扣或搭扣，雄一就得说一句"我爱你"。咲子身上的衣服有很多纽扣和搭扣。

"把这个喝了。"雅代又说了一遍。

雄一把卡塞回信封，拿起玻璃杯，一口气将果汁喝完。喉咙本已干燥难忍，甜腻的果汁进一步加剧了口渴的程度。

"毛利先生，你和那孩子睡过了？"片刻的沉默过后，雅代突然开口。雄一吃惊地看着雅代。

"睡过了吧。果然。"

"不，那个……"

"你没必要隐瞒。"雅代拦住雄一的话头。

"看起来那孩子很喜欢你。不过，她好像只是单相思啊。"

"不，不是这样……"

"那为什么她死后，你一次也没来过这里？"

"……"

"我还以为你至少会来参加葬礼的。当然，我是没叫你来，这也很正常吧，那孩子都下落不明了，你也没到这里来问候一声。所有的事情都是警方告诉我的。"

"对不起……"

"就这些？"

雅代死死地盯视着雄一，随后一抬下巴，从沙发上站起身，向窗边走去。她站在窗边，面向庭院。雄一觉得该说点什么，但一句话也想不出来。

就在这时,他感到胸中烦恶,胃里像是有什么东西正要涌上喉头,脑中蒙眬,仿佛笼罩了一层迷雾。倦意急速向雄一袭来,烦恶和睡意使他的身子栽向了双人沙发的扶手。

雅代似乎转身对他说了些什么。然而,雄一只觉得那些话遥不可闻,完全听不清对方在说什么。

雄一浑身难受,同时还很困。腋下似乎已被冷汗打湿,手臂酸软,脚上的感觉也消失了。他把头靠在扶手上,拼命地吸气。一切都从视界中消逝而去,唯有沙发罩的那一片白色残留在他的眼底。

# 3

"混蛋!"雄一按住了自己的喉咙,"是果汁!是那个橘子汁!"

毫无疑问,尚残留在胸中的一丝烦恶以及轻微的头痛,都源于那杯果汁。雅代在里面掺了东西。

雅代曾三次催雄一喝下果汁。他本该有所警觉,意识到其中有诈,但那时他的脑中已被咲子贺卡上的文字占满了。

"毛利君也喝了果汁?"正志在屋子的一角说。雄一坐倒在地上,将目光投向他。正志穿着西装,打着领带,不过鞋子还是被脱掉了。身着正装却没有鞋,看上去很滑稽。

"你也喝了那个?"

"虽然不好喝,但不喝又觉得不太好。"

"你们也都是?"

雄一望向鲇美和千鹤。千鹤皱了皱眉,鲇美则毫不掩饰烦躁的心情,连连点头。

三田雅代……那个女人到底在想什么?

"她要我去上坟。"正志说。

"所以你才穿了这一身出来?"

"……"

正志低头看着自己的装束,难为情地咧了咧嘴。

"那件事以后,我就没去过三田家。当然,之前我也没去过,总觉得没那个心思……可是,咲子的母亲这么打电话过来,拒绝的话我又觉得害怕……"

"我问你,"鲇美对雄一说,"你有没有带香烟?"

雄一摸了摸自己的口袋。

"……"

香烟和打火机都不见了,只剩下牛仔裤臀部口袋里的一块手帕。就连从雅代那里拿到的咲子的贺卡也遍寻不获。

"一根也没有?"鲇美叹了口气。

突然,雄一注意到腕上的手表也被摘走了。

现在几点了?

"谁有手表?"

"什么东西都被拿走了。"千鹤一直颓然地坐在地上,"表也好,钱包也好,所有的一切。难以置信!怎么会发生这样的事?"

房间里也找不到钟表之类的东西。

现在到底是几点呢……

在一个没有窗的房间里，就连现在是白天还是黑夜也无从知晓。自己睡了有多久呢？

"家里人会担心的。"千鹤一边拉直铺撒在地上的裙子一边说，"出门的时候，我什么都没跟家里人讲。现在他们正担着心吧。"

"对啊！"鲇美挺直腰杆说，"千鹤的老爸多半是会担心的。我家里就不用指望了，但你家肯定已经闹翻天了，没准正在找你呢。说不定他们已经报案了。肯定会有人来找我们的。"

"为什么你家里就不用指望了？"雄一看着鲇美。

"……"

鲇美瞅了雄一一眼，耸了耸肩。

"这是绑架！"正志铁青着脸说，"绑架、监禁。如果是为了钱绑架，就是最重的罪。"

雄一望着正志正要说话，鲇美已经先开了口。

"你在说什么呀？难道是想靠这个来说服咲子的妈妈？"

"不……我可没这么想。我只是想说，我们遭遇了一起性质恶劣的犯罪……"

"闭嘴！什么为钱绑架，别开玩笑了！咲子的妈妈为什么要为了钱绑架我们？三田家才是有钱人家。现在是我们被绑架，而不是咲子的妈妈被绑架！"

"……"

"别说得好像自己是局外人似的。我们怎么才能获救？正志君，你的脑子不是很好使吗？我们当中只有你进了国立大学。要用你那高智商的头脑，就请用在更像样的地方好吗！比如我们怎么做才能出去？"

"你问我，我也没办法啊。"正志的身子簌簌发抖。

"我问你，"千鹤探身凑近雄一，"如果有人来救我们的话，会过多久找到我们？毕竟是有四个人同时失踪了，警察应该会死命地来找吧？而且我们四个都是在咲子的家里失踪的。"

"刚才你还说你出门的时候，什么都没对家里人讲。"

"啊……可是……"

"本来嘛，你老爸老妈要是知道你去哪儿了，自然是会告诉警察的。"

"这可怎么办……"千鹤回头看着正志，"喂，正志君，你出门时应该跟家里人讲过吧？"

见正志轻轻摇头，千鹤又转向鲇美："鲇美，你呢？"

鲇美啃着指甲，朝千鹤抬起头。

"我从来不会在出门时说这种话，而且也没人在意我要去哪儿。"

"……"

雄一凝视着鲇美。鲇美意识到了雄一的视线，也瞪眼瞧他。见雄一还在注视自己，鲇美一扬下巴，像是在说"你看什么看？"。

雄一的视线移向了别处。

"毛利先生，你呢？"千鹤乞求似的对雄一说，"你应该对别人说过你要来这里的吧？"

"我可是一个人住公寓的。"

"不是吧！"千鹤叫道，"为什么呀！这不是真的吧！那我们怎么办？"

"你打算一直等下去吗？"

"什么？"

"我是说你想等别人来救你吗？"雄一边说边观察房门，"想办法打破那扇门才是最切实可行的。"

为此需要一些工具。这门看起来不是轻易能破坏的，然而屋里根本找不到能用来当武器或工具的东西。

"咲子的母亲……为什么要做这种事？"千鹤问。

"你直接问她不就行了。"鲇美怄气似的说，"除了疯了，我想不出其他可能。"

"可是，如果知道她为什么要关我们，不就能想办法让她放我们出去了吗？"

"千鹤，你不是见到宅子里的情况了吗？"鲇美深深地叹了一口气，"屋里看上去都没打扫过。咲子的那个有洁癖到病态的妈妈，连房间都不打扫了。以前她们家可没有满是灰尘。"

雄一心想确实如此。那所宅子缺少生活的气息。

"不但女儿出了那样的事，做爸爸的也像是步女儿后尘似的去世了。你说那个人会变成什么样？只可能是变得精神不正常了。"

"可是，应该有办法的吧？应该有从这里出去的办法吧？"

雄一突然站起身，走到洗碗池前。小小的洗碗池下并排放着两个纸箱，箱子的开口被胶带封死了。雄一蹲下来，把其中一个拖到面前。其余三人聚拢到他的身后。

箱子沉甸甸的。雄一用指甲抠起胶带的一角，一口气把它撕了下来。

"什么呀，这是……"鲇美往打开的箱盖里看了一眼，叫道。

箱子里塞满了黄色的小盒子，她拿起了其中的一个。

"Calorie Mate❶，均衡营养食品……"一旁的正志读出了盒子表面的文字。

---

❶ 日本大冢制药生产的营养补充食品品牌。

四人面面相觑。

"那个箱子呢?"

说着鲇美拉出另一个纸箱,和千鹤一起撕下胶带。

"也是一样的东西。"

两个箱子都塞满了 Calorie Mate 的营养食品……

"这开的是什么玩笑?"鲇美似乎对此感到不可理喻。

"难道是……"雄一注视着手中的小盒子,"要我们吃这个充饥?"

身后传来了正志咽口水的声音。

"也就是说,我们要一直在这里待下去?"

"不要啊!"千鹤叫道,"为什么?这也太过分了吧!"

"混蛋!"

雄一扔下手里的盒子,冲到门前,用整个身体撞了上去。一阵剧痛掠过肩头。他用双手握紧手柄,全力晃动。正志也赶过来帮忙。两人握住手柄,把全身的重量都压了上去,这时突然感觉手柄的另一边似乎被卡了一下。

雄一停下来,和正志对视了一眼。

"很好,要用脚来。让我用脚试试。"

雄一让正志退开,仰面躺倒在地上,抬起腿用脚猛踹手柄。

"啊,好像动了一下。"

正志喊了一声。身后的鲇美和千鹤抱在了一起。

雄一又连续蹬了几脚。就在这时,整扇门发出了"嘎噔"一声巨响。

"成了!"

雄一从地上爬起来,握住手柄,缓缓地往下压。虽然有几次好像被什么东西卡住了，但手柄确实一直在转动。令人讨厌的吭哧吭哧声在门前回响着。雄一将手柄摁到了底，伴随着如金属碎裂般的声音，门向外开启了。

推开沉重的门扉，雄一一闪身跳了出去。

"……"

然而，那里并非室外，只是一间一米见方的小屋子。右侧还有一扇门，正面则是一道铁梯，与房内吊床后的情形差不多。梯子顶端果然也安着盖子，不过并非四方形，而是圆形。

其余三人也进了小屋，众人全都无言以对。

正志爬上铁梯，只见圆盖下附有两个小把手。从外观看这盖子似乎是滑动式的，与吊床后的梯盖构造不同。

正志抓住把手用力拉。盖子纹丝不动，只传出了从他唇间漏出的"嘀嘀"声。

雄一走到右侧的门前，和刚才的门不同，这一扇很普通。一拧把手，门就立刻向内打开了。

"啊……"雄一忍不住叫了起来。

里面是卫生间。不过，真正令雄一吃惊的是贴满了一面墙的照片，以及照片上方用红漆写下的潦草文字：

是你们杀的

写字的人似乎用了很大的力气，红漆的飞沫甚至溅到了旁边的另一堵墙上。

"怎么会这样……"鲇美在雄一身后喃喃自语似的说。

照片共有七张。四张拍了三田咲子本人，三张拍了她的车——

刚被吊上陆地的阿尔法·罗密欧车。车的右前轮没了，头部损毁严重，惨状触目惊心。

"不是吧……怎么会这样！"正志的声音颤抖了。

# 4

四人回到原来的房间，任由门开着。正志眼神空洞地瘫坐在吊床下；千鹤在洗碗池旁抱膝而坐，将脸埋进两腿之间；鲇美则蹲在门前，雄一自然而然地在她身边坐了下来。

谁都不说话。

通过门口能看到卫生间的入口。

——是你们杀的。

这是雅代写的，那照片也是雅代贴的。她把四人叫来，利用果汁让他们昏睡，把他们关在这里，只提供营养食品。这位母亲说了：是你们杀了我的女儿。

那她现在是……雄一环视着圆柱形的房间。难以置信，这叫什么事呀！她真是疯了。

我们可没有杀她的女儿！

没人杀害咲子。那只是一场事故。

三个月前的那四天——最后的几小时改变了一切。所有的一切都在那愚蠢的最后一刻发生了变化。但那只是一次事故。咲子死于事故。

那时正当黎明。

四人离开别墅，向望得见大海的悬崖进发。因为千鹤坚称最后一次看到咲子的车就是在那里。此外再无有助于搜寻的线索。

四人坐上了正志的车。事已至此，其实雄一并不想见咲子。因为咲子说了：你给我滚！

"让我受这样的委屈，我一定会让你后悔的。我要让你知道我的厉害！"

离咲子说这句话还没多久，所以雄一根本不打算见咲子，只想约鲇美一起回东京。

千鹤坚持要去阿尔法·罗密欧车停过的地方看一眼，于是正志驶离了通往车站的道路。车子从铺修过的道路转入泥路，进而驶上了那座斜斜地向下逼近海面的岬角。

崖上沐浴在晨光之中。

停车后，众人来到外面。树下丛生的杂草被清晨的露水打湿了。岬角以平缓的坡度向海面伸展，前方便是一望无际的海洋。波浪有点大，正不断地朝崖下涌来。

崖上没有阿尔法·罗密欧车。其实雄一不相信咲子会独自来这种地方。但千鹤、正志和鲇美说曾在这里见到过咲子的车。

"是别人的车吧？"雄一对三人说，"那个胆小鬼怎么可能在夜里上崖？"

"就是咲子的车。敞篷车，又是红色的，绝对是阿尔法·罗密欧。"千鹤一边说一边心神不定地环顾四周。

"有另一辆红色的阿尔法·罗密欧车也不奇怪啊。"

"不，不，那肯定是咲子小姐的车。"正志的语声显得有点紧张，"我拿手电筒照过后车座，上面放着一只布制的玩具狗。"

你们说是就是吧。雄一心想，看来咲子可能真的来过。为了冷却发热的头脑，她来这里观看了夜色中的大海——应该是这样。

"是停在这一片没错吧？"千鹤站在斜坡的中段，回头看正志和鲇美。她的脚下散落着被露水打湿的报纸。

"应该更靠近那边吧。"

正志指了指千鹤的身前，那里比别处平坦一些。正志在那一带来回走动，脚下踢到了一个可乐罐。罐子滚下斜坡，坠入了大海。

雄一想和鲇美说话。鲇美则时不时瞥向雄一，看神情似乎也想说些什么。昨晚与咲子的冲突余波未平，使他俩的交谈变得不再自然。鲇美倚靠在汽车的发动机罩上，忙碌地抽着烟。

"鲇美，我……"话没说完，就听千鹤在崖边大叫了一声。

"你们快过来！"

千鹤注视着崖下，嘴里不停地喊"快过来"。

雄一奔到千鹤所在的崖边，往下瞄了一眼。刹那间他只觉得眼前一黑。

"……"

崖下经受着波浪洗礼的乱石丛中，赫然现出了一辆红色的阿尔法·罗密欧车。

只有尾部露在波涛之上，车身几乎淹没在海里。在白色浪花退却的一瞬间，可以看到水下透出的那一片红色。车身似乎是斜斜地插入海中的。

雄一打量坐在自己旁边的鲇美。鲇美则眼望天花板，视线沿着粗管游走。素气的白衬衫,外罩米色的短马甲,下身穿长度仅及膝盖的咖啡色棉制西裤。抬头看天花板时,从下巴到衬衫胸前的颈部曲线被勾勒得越发突出。

鲇美发现雄一在看自己,向他转过头。

"看什么呢?"

"我在想我们好久没见了。"

"别装腔作势了。"鲇美嗤笑一声,垂下双目。

"我可没装腔作势。我一直想见你。"

"净说瞎话。"

"我为什么要说瞎话?"

"连电话也不打一个,还敢嘴硬。"

"你给我的纸条不知道跑哪儿去了。"

"……"鲇美疑惑地看着雄一。

"真的。我打电话了,打了一次又一次。心里想会不会是这个号码呢,就试着打。我试过各种各样的号码,但都不对。"

鲇美的脸瞬间柔和了下来。

"像傻瓜一样。"

"是啊,你说的没错。"

"还在搞演奏吗?"

"姑且没断。"

"你是弹吉他的,对吧?"

"嗯。没这个事的话,我应该已经在练习了。这次算是旷工了。"雄一凝视着鲇美,问道,"你呢?"

"我?"

"还在雕刻吗?"

鲇美摇了摇头。

"为什么？"

"不知道。我好像没干这个的心思了。"

"哦……你应该在上学吧？"

"在上。我可不想待在家里。"

"你好像不太喜欢自己的家庭啊。"

"是讨厌。"

"和家里人关系不好吗？"

"……"

鲇美没有回答，盘起了双腿。雄一也不吭声了。他感觉有人在看自己，不由得抬起头来，对面的正志垂下了头。

"今天……"鲇美嘀咕似的说。

"嗯？"雄一的目光移回到鲇美脸上。

"我家老头子回来了。"

"什么意思？"

"我老爸。我妈妈的老公。"

雄一眯起眼睛，盯视着鲇美："老爸回来了是什么意思？"

"时隔两个月回来了。他离家出走了两个月。"

"离家出走？"

"我老爸可是经常离家出走的。他不在的时候，我勉强还有立足之地，他一回来我连坐的地方也没有。所以这次轮到我离家出走了。"

"……"

"这个模式翻来覆去了无数次，所以谁也不会来找我。至少我家里人不会报警说我没回家。"

雄一倒吸了一口冷气。

"你家情况原来是这样的。"

"对，我家情况就是这样。我问你，"鲇美肩膀不动，只把头再次转向雄一，"只有自己幸福、而周围的人因为你的缘故都很不幸，和大家都很幸福、只有你自己不幸。如果有人要你在两个当中选一个，你会怎么做？"

雄一眨了眨眼："你什么意思？"

"假设而已。你的幸福导致周围的人都变得很不幸，和大家都很幸福、只有你一个人很不幸，你会选哪个？"

"这是在咨询人生问题？"

鲇美微微一笑："随你怎么理解。请回答。"

"好难啊……这种问题。怎么说呢，还是会选自己幸福吧。这种事怎么说得清呢。"

"我的话，会选择逃避。"

"什么？"

"选，择，逃，避。因为两个我都不喜欢。如果周围的人因为我的缘故而遭受不幸，我再怎么幸福也是难以忍受的；假如我没能意识到这一点，那我就十足是一个没心没肺的人。我更无法忍受自己是一个没心没肺的人。"

"……"

鲇美似乎在打量雄一，脸上的表情化作了寂寥的笑容。她一边笑一边轻轻摇头。

"我这是怎么了……都是因为被关在这种地方，才会胡思乱想。"

鲇美再次抬头望向天花板，雄一的视线则落回到地板上。

雄一不了解鲇美的家人。三个月前遇见时,两人完全没谈过这个话题。

千鹤从洗碗池边站了起来。她从架子里取出一个杯子,拧开了水龙头。水劲道十足地落入杯中。冲洗了两三次后,她往杯里注满了水。

"啊,等一下。"

千鹤正要把杯子往嘴边送,吊床下的正志喊了一声。千鹤回身面对正志。

"这水安全吗?"

千鹤像是吃了一惊,看了看手中的杯子。

"有谁喝过这里放出来的水吗?"

众人的目光聚集在了千鹤的杯子上。千鹤心惊胆战似的把杯子放进洗碗池,回头看着正志。

"喝了会出什么问题?"

"不知道。不过,咲子小姐的母亲可是把我们都药倒了。"

"水里有毒?"千鹤的表情扭曲了,"可是,这不是自来水吗?为什么连自来水也不能喝了?"

"谁知道是不是自来水。你看……"

正志说着,指了指洗碗池的上方。

天花板的一部分向下凸起,与水龙头相连的管道就是从那里出来的。

"我想那上面应该是个水箱。谁能保证水箱里的是自来水?"

"太过分了……"千鹤当即颓然地蹲下了身子。

雄一站起身,凝视着洗碗池中的杯子。看上去是普通的水。他拿起杯子,凑近鼻子闻了闻,没有怪味。随后他又蘸了点水在指尖上，用舌头舔了一下，尝不出什么味道。自己的舌尖对水的味道是否保有记忆，其实雄一并无自信。他的舌头还没有灵敏到能分辨出微小的味道差异。毕竟那杯果汁他也喝了。

雄一把杯子放回洗碗池。

"荒唐！"千鹤蹲着说，"说什么是我们杀的，真是太荒谬了。恶作剧，纯粹是恶作剧！"

没人回应千鹤的话。她抬头看着雄一，嚷嚷似的说："我们没有杀她！那是事故！是事故对吧？难道不是吗？"

"是事故没错。"正志说，"警察也是这个结论。谁看了都会说那是事故。"

"但是呢，"鲇美叹息似的说，"咲子的妈妈可不是这么想的。"

千鹤打量起了鲇美。

"为什么会变成是我们杀的？她为什么不承认是事故？那个怎么就成杀人了呢！"

"我不是说了吗，她疯了。"

"什么乱七八糟的。真不敢相信……"

千鹤把脸伏在了膝盖上。

谁也没有杀害咲子。

但正如鲇美所言，只有雅代不这么认为。是什么让她坚信这是一桩杀人案的呢？

雄一一度认为咲子是死于自杀。虽然他没把这个想法告诉前来问话的警察，但这一可能性的存在令他心情沉重。

因为咲子对雄一说过这样的话：

"让我受这样的委屈，我一定会让你后悔的。我要让你知道我的厉害！"

他甚至清楚地记得咲子说这句话时的表情。

雄一想，"会让你后悔"莫非就是指从那个悬崖坠落？

咲子是在深夜去那里的。她讨厌黑乎乎的地方，说过就算是睡觉也不喜欢周围一团漆黑。然而，她却在那天晚上去了那里。雄一不记得当晚出过月亮。那天晚上很黑，想必崖上也与黑暗融为了一体。

然而咲子还是去了那个地方。

自己夺门而出前发生的那次争吵，想必令咲子陷入了极为异常的精神状态。恐怕是"想给你点颜色看看"的心态将她引向了悬崖。雄一想到这里，心情便郁闷起来。

不过，很快他就否定了这个想法。

再怎么憎恨他，咲子也不是那种会用自杀行使报复的女人。狠狠地打击对方，然后在一旁看笑话倒还有可能。看不到对方如何被教训，而是自己寻死，这绝非咲子的思维方式。

只是，咲子的母亲却坚信那是杀人案，是这里的四个人杀害了咲子。

"她想把我们怎么样？"千鹤低声说。

"我不知道她妈妈在想什么，"雄一向门走去，"但总之我是不会坐以待毙的。"

他狠狠地朝反射着冷光的门扉砸了一拳。

# 5

　　经过调查,雄一发现固定密闭门手柄的是一根铁丝。手柄旋转时,会带动另一侧的两根粗大的铁门闩,令其进入或脱出插销孔。之前门闩的可滑动部分被绕上了两圈铁丝,而且还精心地做了焊接。之所以能把门打开,是因为雄一连续蹬踹手柄,使焊接部分发生了断裂。

　　门扉厚度惊人,墙壁也约有五厘米厚。不过,打开这扇门还是给雄一带来了些许勇气。

　　"正志,你来对付卫生间的梯盖。我去挑战吊床这边的。"

　　雄一话音刚落,正志皱起了眉头。

　　"没有工具啊。虽然有杯子,可是塑料的东西根本不顶用。"

　　"不是有身体,还有头脑吗?"

　　"我总觉得只会白白地耗光体力。在救援的人赶来之前,还是保存体力为好……"

　　"那你就好好保存吧。愿意的话,那里还有营养食品,你可以全部吃掉,增强体力。"

　　雄一瞪了正志一眼,向吊床那边走去。

　　"我也来。"从身后传来了鲇美的声音。

　　"你顶住我。"

　　雄一走到墙边,登上了铁梯。他一只手抓着吊床的架子,另一只手牢牢把住梯子,用一条腿钩住梯子中段,以这种不稳定的姿态向上蹬梯盖。为了能使上劲,雄一叫鲇美顶住自己的后背。

　　蹬踹梯盖的声音响彻了整个房间。动静很大,但效果甚微。

用尽全力踢了一次又一次,却连一丝松动的迹象也没有。雄一觉得自己是在试图用脚摧毁一堵楼墙。

回过神的时候,从房间的另一侧也传来了叩击梯盖的声音。停下脚,回头一看,只见千鹤正在门外的铁梯上挥舞拳头。正志则在梯子底下仰头看她。

雄一和鲇美对视了一眼,鲇美耸了耸肩。

雄一再次投入战斗。他以扭曲的姿势踢了很长一段时间,而门外猛击梯盖的声音也没停过。踢着踢着,腿渐渐地动弹不开了。钩住梯子的膝盖内侧痛得像被撕裂了一般,握着床架的那一侧臂膀也有了僵硬的感觉。

雄一想换个姿势,便一挺身,然后再次抓住梯子。这时,下面的鲇美开口了:

"换我来。"

雄一皱眉忍受着身体的疼痛,回头望了鲇美一眼。

"这活儿很累的。"

"我正闲着没事干呢。快让开。"

鲇美抓着雄一的背心,把他拽下梯子,再一把推开,迅速地爬了上去。她学雄一的模样,用膝部钩住梯子,然后抓紧吊床的架子。雄一向上撑住鲇美的后背。

"嘿!"

鲇美大喝一声,扬起了腿。从梯盖传来的声音竟意外响亮。

"不要按背,要按腰部。这样好像更能使上劲。"

雄一听从指挥,撑起了鲇美的腰。每向上抡起一脚,鲇美那曲线优美的臀部就在他眼前一晃。一瞬间,雄一真想紧紧地抱住她。

"住手!"

身后传来了正志的声音,雄一回过头去。

"不许你拿手碰鲇美。"

正志那张长长的平板脸涨得通红,不断地抽搐着。

"你说什么?"雄一皱起眉头。

"让……让我来。毛利君请退到一边去。"

"开什么玩笑……"

雄一刚要呵斥正志,鲇美突然失去平衡,手掌脱离了吊床。慌乱之下雄一想托住鲇美的身子,不料却在抱住她后,两人一起狠狠地摔向了梯子底下的地板。

"对不起……要不要紧?"

鲇美揉着膝盖皱着眉。雄一就这么抱着她,打量着她。鲇美露出痛苦的表情,轻轻点了点头。

正志跑到两人跟前,抓住鲇美的胳膊想把她拉起来。鲇美痛得又咧起了嘴。雄一一把推开正志的手。

"别拉!她撞到膝盖了!"

"你听好了,"正志对雄一怒目而视,"鲇美是我的未婚妻。"

"……"

雄一瞪视了正志片刻。随后,他看了看怀里的鲇美,再次将目光转向正志,脸上突然浮现出笑容。

"什么事那么好笑?请你放开鲇美。"

"我记得以前就听你讲过,说什么你们订婚了。"

说着,雄一故意抚摸起鲇美的头发。正志猛吸了一口气。没等他说出下一句话,鲇美突然摇了摇头,推开了雄一的手。

"愚蠢透顶。"

鲇美揉着膝盖,挣脱了雄一的怀抱,倚靠在吊床下的墙边。

"这种无聊的事就不要拿出来说了。"鲇美一脸厌烦地对正志说。

"无聊的事？鲇美，我……"

"我都说了不要再讲了！"

雄一笑出了声。正志满脸通红，目不转睛地盯视着鲇美。鲇美转向笑个不停的雄一。

"有那么好笑吗？"

"不，不，抱歉抱歉。"雄一摆摆手，按捺住笑意，"因为这家伙实在太来劲了。看来直到现在他还以为你是他的未婚妻呢。"

鲇美从正面直视着雄一，说："我是他的未婚妻。不是他以为，而是事实。"

"……"

一瞬间雄一无法理解鲇美的话，他一会儿看看鲇美，一会儿又看看正志。

"这……可是上次你跟我说你们没有订婚……"

"订婚了。这个话题我不想再继续下去了，可以吗？"

"……"

雄一瞥了鲇美一眼，将视线转向正志。正志居高临下地看着他，脸依然涨得通红。

"救命啊！"

千鹤的尖叫声突然传来，雄一一惊，回头看门外的情况。

"来人啊！快放我们出去！"

千鹤仰望梯盖，胡乱摇晃着头发大喊大叫。雄一起身，鲇美也从地上站了起来。

"千鹤！"

鲇美边喊边向门口奔去。雄一紧随其后，正志也从身后赶来。

鲇美搂住连声嘶吼的千鹤。千鹤把脸重重地撞向鲇美的肩头，"哇"的一声哭了出来。

"千鹤，我们再试一次。"鲇美看着千鹤的脸，温柔地拍打着她的后背，"我也跟着一起喊，好吗？我们一起呼救。"

于是，这回是鲇美喊了起来。

"救命啊！"

这喊声之上又叠加了千鹤哽咽的呼叫。

"有人吗？快救我们出去啊！"

鲇美和千鹤抱在一起，脸朝上方呼喊了一次又一次。

"好吧，我也来。"雄一也参与进来，放开嗓子大叫呼救。一直在身后观望的正志察觉了三人的意图，也加入了呼救的行列。

"有人吗！"由鲇美掌控节奏，四人将声音合为一体，同时发出了呼喊。

然后，四人屏气凝息，细听上方是否有动静传来。雄一甚至还爬上梯子，直接把耳朵贴住梯盖。

再呼叫一次，然后侧耳倾听。

四人不停地向梯盖呼叫，然后又从卫生间转移到吊床那边，如此反复了多次。

然而，他们的呼救没有得到任何回应。

四人散坐在屋里，缄默不语。室内只能听到千鹤断断续续的抽泣声，以及不知从何方隐隐传来的马达轰鸣声。雄一意识到那是空调。他抬头看了看天花板的管道，恐怕空调就是通过这里将空气输入房间的。

混蛋……

雄一晃了晃脑袋。怎么才能从这里出去呢？

突然，他注意到右脚的袜子上出现了一块红黑色的污迹，脱下来一看，原来大脚趾的根部起了个血泡，已经破了。蹬踹梯盖得到的却是这种结果。起了血泡也好，血泡破了也好，都是现在才发现的。

被关在这里有多久了？总觉得已经过了很长一段时间。

苏醒过来后，谁都没睡过觉。不觉得困。纸箱里的营养食品一点没少，也没人喝过水。雄一的喉咙渴得冒烟，但现在的他连喝水的力气也没有。

——她是一个人出去的，是吧？

一个男人的声音在雄一脑中说道。

嗯？雄一抬起脸，向蹲在吊床底下的正志望去。正志已经解下领带，正闭着眼揉搓后颈。

——是开车出去的？

话音又响起来了。

与此同时，雄一脑中浮现出了一幕场景。

# 6

阿尔法·罗密欧车从乱石丛中被吊起来后，雄一等人接受了警察的盘问。

海里不见咲子的身影，于是警方展开了搜索。据说咲子的双亲不在家，去了南美，联系他们需要花点时间。

说明前因后果的担子大多落在了正志和千鹤的身上。雄一和鲇美面对警察的确认式询问，几乎只是在不断地点头。

"稍微起了点口角。"问到咲子为何独自离开别墅时，正志这样答道。

"别墅是三田家的吧？"

"是的。是咲子小姐邀请我们去的，她一直在计划这个事。咲子小姐说想再多待一天，但我们在东京有事情要办，无法改变预定计划……"

"你是大学生吧？"

"是的。我们都是。啊，不对，毛利君算是走上社会的人了。"

"嗯，我知道。刚才听他说了。"警察看了雄一一眼，"是在打工吧？"

雄一点点头。之前他说了自己的情况后，警察在文件上写下了"无业"这两个字。

"也就是说，三田咲子小姐提议在别墅里多待一天？"

"嗯。"千鹤答道，"不过，我们说不行，结果她就生气了。"

"开车跑出去了？"

"她说'你们想回去就回去好了'，还说'我要一个人留在这里'。"

"但是你们并没有回去？"

"那是当然……"千鹤吞吞吐吐起来，正志接过了解说的任务。

"因为我们没钥匙啊。别墅的钥匙是咲子小姐拿着的，我们总不能让门开着就这么走了吧？"

"啊啊，说的也是。"

"我们原本就打算天亮了再出发，但又觉得咲子小姐应该也会在这之前回来，所以一直等着。惹她生气了也不打个招呼，总觉得不太好。"

正志和千鹤的说明与事实相去甚远，但雄一和鲇美都没有加以否认。

他们觉得把五人之间发生的事一五一十地告诉警方，并不会给搜寻咲子带来帮助，而且也不太愿意说出口。

咲子没有把邀请四人来别墅的计划告诉自己的父母，这是雄一等人隐瞒真相的最大原因。咲子想利用双亲去阿根廷的间隙实施计划。没发生那起事故的话，她的父母就什么也不会知道。

况且最重要的是，咲子一个人冲出别墅确是事实，而其原因也与事故毫不相干。

四人并未统一过口径。不过自第一次盘问以来，警察再问起这些事时，雄一都只是重复当时的说辞。想必其他三人也是如此。

搜寻工作开展得如火如荼，然而咲子仍是踪迹全无。警方推测可能是被潮流卷走了，便把搜寻范围扩大到了附近的海岸线和洋面。

当消息传来，说地拉网式渔船从海底捞起了一具尸体时，离咲子冲出别墅的日子已相隔近两个月。发现地点位于海岸线以北的洋面，离阿尔法·罗密欧车坠落的悬崖竟有三十公里之遥。

打捞上来的尸体损毁严重，核实身份花了不少时间。雄一听说尸体被鱼啃咬过，一半已化作白骨。认定尸体确为三田咲子靠的是血型和牙齿的治疗痕迹。身上没有衣物，内脏几近完全消失，在这种情况下连咲子做过盲肠手术的痕迹也无从查找。

就在这一刻，咲子的死被最终确认为事故。

# 7

"我想起来了……"千鹤一边环视屋内一边起身。

雄一抬眼看着她。千鹤横穿过房间,来到半开半闭的门前。她把手贴在门的表面,缓缓抚弄起来,那手微微颤动着。

"这里就是咲子提到过的那个地方。"

"千鹤,"鲇美在她身后说,"你怎么了?"

"肯定是这样没错。我想起来了。"

"你在说什么呀?"

千鹤冷不防转过身来。

"这里是防核掩体!"

其余三人的视线集中到千鹤身上。

"你们应该还记得吧?咲子不是说过这里的事吗?"

"防核掩体……"

雄一再次环视屋内。

"她不是说过吗?家里和别墅里都造了掩体。别墅那边她还带我们看过入口呢。背后库房的地上安着一个盖子。"

"啊啊,没错。"

雄一一直没想起来。

咲子确实向他们提过防核掩体的事。那是五人在别墅的第一晚谈论过的话题之一。

"我老爸就是有这个毛病,杞人忧天。"咲子笑着说,拿起雄一的玻璃杯喝了一口兑了水的酒。也许是想向其余三人展示自己与雄一的关系，她把自己喝过的杯子递给了雄一。当时他正望着鲇美的喉头。鲇美坐在斜对面的沙发上，一边抽烟一边翻看杂志。

"防核掩体是什么样的？"正志问咲子。

"没什么这样那样的，就是在地下三米的地方埋了个密闭房间而已，房间是用两三厘米的铁板做成的。我家那边是把地下室直接当掩体了。不过那个水泥墙足有五十厘米厚，就算有一百万吨当量的核弹在相隔二点六公里的地方爆炸，只要待在里面就不会有事。"

"逃进去前就死了吧。"鲇美眼睛不离杂志，"人一直在里面才不会有事吧？在这么近的地方掉一颗氢弹下来的话，哪还有时间逃进去？"

"老爸担心的就是这个。在家里的时候还行，一出门就安不下心来了。真是笑死人了。"

"你父亲相信会发生核战争？"正志问。

"怎么说呢，与其说是相信，还不如说就是担心啦。他自己不就是造武器的吗。"

"咦？"千鹤躺在地毯上，只把头抬了起来，"你父亲的公司还生产武器？"

"是啊。你不知道？日本也有很多生产武器的公司。"

"这个我想当然是有的，但我没想到咲子家是军火商出身，是靠这个吃饭的。让我很受冲击啊。"

"冲击你个头。是造武器的，可不是什么军火商。"

"难道不是为了卖才造的吗？都是一回事。你父亲生产的武器在中东那边杀了不少人呢。"

"我可不知道武器会卖给谁，也没兴趣知道。"

"你应该直面现实。"

"对我来说这些才不是现实呢。跟我没关系。"

"世界就是这么走向毁灭的。"

千鹤说着,从地毯上爬了起来。她的话把正志逗乐了。

"不是这样的。其实人类的历史是由战争创造的,是战争让文明发展起来的。"

"咦?"鲇美朝正志吐了一口烟,"正志君,难道你是鹰派?"

正志用手扇着烟:"才不是呢。但我说的是事实。"

"事实呢……"咲子把手搁在雄一的肩上,"其实是这样的,历史是由夜晚创造的。"

咲子对着雄一微笑。千鹤"哇"的一声捂住了眼睛,正志红着脸吃吃地笑了。鲇美则把目光拉回到杂志上,脸上的表情像是在说"好无聊"。雄一只是耸了耸肩。

咲子带众人参观防核掩体的入口是在第二天。

别墅背后有一间预制装配式的小库房,孤零零地建在林间。打开门,只见里面堆放着柴火、斧子、绳索、铝制梯凳等各种杂物。

"这个看上去不像防核掩体啊。"正志在入口打量了一番小屋后说。

"是在这里啦。"

咲子咚咚地蹬了几下小屋的地面。仔细一看,才发现那块地面是一个六十厘米见方的盖子,一侧附有嵌入式的把手。咲子拉出把手,将四方形的"地面"提起,下方露出了一扇白色的铁门,门上挂着一个小小的荷包锁。

"锁住了嘛。"千鹤说,"那要是到了危急时刻,人怎么进去啊?"

"就是为了不让别人进来啊。"咲子指了指库房一角的架子，"那里挂着的就是这个锁的钥匙。扔核弹的消息传来后，别人要是知道这里有掩体，全都会往这里跑。所以不事先做好准备，到时让他们进来的话就危险了。"

"性格阴暗。"鲇美歪了歪嘴。

"虽然挺可笑，但老爸对这事可是很较真的。所以连老爸身边的熟人也不知道我家有防核掩体。他谁都没告诉。把入口做在库房的地面上，也算是一种伪装吧。"

鲇美摇头说："难以置信。我不敢相信会有这样的人。"

"那你现在告诉我们不要紧吗？"正志问。

咲子扑哧一笑，将"地面"复归原位。

"我们去海边吧。"鲇美说。雄一也赞成这个提议。

雄一环顾四周。

如千鹤所言，无窗的弯曲铁墙、高气密性的门、吊床——这里正是防核掩体的内部。当时虽然没能参观掩体内部，但这里绝对是防核掩体没错。

"这么说……"雄一的视线转向千鹤，"我们被带到了那幢别墅？"

"不，"正志表情僵硬地说，"她说过东京的家也造了防核掩体，没准是那里。"

"是别墅那边啦，那个小库房的下面。"

"你为什么能说得这么肯定？"

"一看就知道了。咲子说过，东京的家那边是把地下室直接做成掩体了。她还说水泥墙足足有五十厘米厚。可这里的墙是铁的。

这里就是她所说的密闭房间，埋在地下三米深的防核掩体啦。"

"……"

千鹤的这个发现有着令人恐惧的含义。

根据咲子的说法，就算有一百万吨当量的核弹在相隔二点六公里的地方爆炸，这个掩体也承受得住。也不知她的话能信几分，但总之造得十分坚固是确凿无疑的。既然能抵挡核弹，那么就算在顶上引爆炸药，掩体肯定也岿然不动，更别说拿脚踢了，想伤它分毫也绝无可能。

进而还有一个令人不愿多想的可怕之处。

——连老爸身边的熟人也不知道我家有防核掩体。

咲子是这么说的。掩体的存在被视为机密，以至于要用库房来掩饰入口。

即使有人在搜寻失踪的他们，只要三田雅代不提这个地方，找到的可能性便极低。如果咲子曾四处张扬就好了，但对此抱有期望也未免过于乐观了。

防核掩体……

这叫什么事啊！

"是想杀我们。"正志低声说，"那个人是想在这里杀掉我们。"

"不要说了！"千鹤叫道。

"她是想把我们送到咲子小姐那边去。"

"不要说了！求你了，不要说了……"

"我说得不对吗？"正志一一打量三人，以申诉式的口吻说，"我们怎么才能从这里出去？就算把耳朵贴在梯盖上也根本听不到外面的一点声音，不是吗？反过来说，这里的声音外面也听不到啊。我们可是在地下三米深的防核掩体里！"

"那好，我问你，"千鹤摇了摇头，说，"她为什么要提供营养食品？想杀我们的话，就不会准备食物，连水也不应该有。再说了，那个人是把我们弄晕后带到这里来的，让我们喝了放有安眠药的果汁。如果她要杀我们，往果汁里掺毒药不就行了？"

"是为了让我们痛苦啊。"

"……"

"因为我们活着，所以才能看到卫生间里的照片。我们活着才能痛苦地面对即将到来的死亡。把这个时间拖得越长……"

"吵死了！"鲇美怒斥正志，"正志君，你的品位不错啊。你是专攻异常心理学的吗？那你可要把这里发生的事好好记录下来，以后可以写出一篇很精彩的论文呢。"

"不……我只是……"

"只是你个头，装什么装！好吧，那就请这位老师告诉我，我们为什么要遭这个罪？为什么必须受这个苦？"

"鲇美……"正志一脸为难地盯视着鲇美，"你不是看到了吗？你应该也知道啊。理由就写在卫生间的墙上。"

"胡扯！"千鹤大叫一声，"我们没有杀她！那是事故！"

"咲子小姐的母亲不是这么想的。"

"什么乱七八糟的。那个怎么会是杀人案呢？咲子是坠崖而死的！"

话音刚落，千鹤突然转身面向雄一。

"至少这事没我的份。如果有谁需要对咲子的死负责，那也是雄一先生你吧！"

说着，千鹤来到雄一面前。雄一仰脸看她。千鹤泫然欲泣地瞪视着他，随后又将视线转向鲇美。

"还有你，鲇美！"

鲇美合上双目，轻轻摇了摇头。

"如果有人需要对咲子的死负责，那也是你们两个，而不是我。你们两个做的事，为什么要让我来承受！开什么玩笑，我真是被你们害惨了。喂，你在听吗？我告诉你，这事跟我没关系！"

鲇美保持沉默，雄一也不应声。从千鹤眼中溢出的泪水滚落在地板上。

# 8

其实咲子策划的是三重约会。雄一直到出发去别墅时才得知此事。

钻进阿尔法·罗密欧时，后车座上已经坐着一个女人。二加二听起来不错，但后车座给人的感觉更像是摆设。特别是敞开的车篷把座位后面塞得鼓鼓囊囊的，很难说坐上去能有多舒适。

"你好。我是波多野千鹤。"女人说。

"我们是一个高中的。"咲子边发动汽车边介绍千鹤，"千鹤的男朋友有急事不能来了。"

雄一从副驾驶座回头，千鹤朝他皱了皱眉。

"对不起啊。昨天他突然回乡下去了，说是家里被火烧了。"

雄一扭头看了看驾驶席上的咲子。

"另一组会直接去别墅。我们要在当地会合。"

"另一组?"

"对,她叫影山鲇美。我和千鹤还有这个鲇美,算是从高中开始交往的狐朋狗友吧。前不久,时隔多年我们又碰面了,然后我说了要和你去别墅的事,结果讨论下来,决定那就带上各自的男朋友一起去吧。"

雄一皱了皱眉。

决定带上各自的男朋友一起去?

雄一很想下车。

——别把我当傻瓜!

"我真的很生气,"千鹤扯开嗓子,用刺耳的声音说,"到前天为止还什么事都没有呢,突然就说要回福岛了。"

"福岛?"咲子问,"千鹤你说的不是茨城吗?"

"是这样吗……咦?到底是哪里呢?啊啊,福岛什么的是另一件事里的。对不起啊,真的。本来我想人数不平衡了,要不我就不去了吧。后来一想,管他呢,我就到当地物色一个好了。我感觉没问题,总归会有一两个被人挑剩下来的吧。"

咋咋呼呼的女人。抵达别墅前的两个半小时里,千鹤的嘴几乎一刻也没停过。咲子偶尔回应几句,然后向雄一投去意味深长的目光。雄一的心情糟透了。

咲子见雄一沉默不语,似乎以为他在生气不能和自己单独相处。她对雄一的反应乐不可支,这让雄一越发恼火。

事实上,雄一对咲子已经有些厌恶。

那天咲子来后台找雄一,自此两人开始了交往。地点是在高田马场的一座小型场馆。说是后台,其实就跟办公室差不多,那只是一间肮脏狭小的屋子，位于地下一层。

"我第一次听到那样的吉他。"咲子对雄一说。

得知对方比自己小三岁，雄一吃了一惊。因为咲子看起来非常成熟。

开始交往的头两个月，雄一对咲子如痴如醉。在他看来，自我中心和任性刁蛮最初也成了咲子的魅力之一。乐团的伙伴里也有羡慕或嘲弄他的。这些一年到头囊空如洗的家伙光看到对方是个富家大小姐，就单纯地认定"这女人好棒"。当然，雄一自己也是这么想的。

咲子时而命令雄一在舞台上喊她的名字，时而往练习室运送巨型花束。咲子喜欢奢华，总是令雄一惊骇不已。她就是这样一个女人。

然而，不久雄一意识到，自己只是咲子的附庸。

"我爱你。"

咲子的这句话绝非出自真心。她每时每刻都需要观众。有一次，雄一开着咲子的阿尔法·罗密欧，她打开车顶，提议让雄一每次遇红灯停车时，就给她献上绵密的吻，后面的车不摁喇叭就不动，让旁边停车等信号的人吃一惊。咲子觉得这样很开心。当雄一拒绝提议，说他不喜欢这样时，咲子突然大发雷霆。结果雄一被赶下车，不得不走路回家。

"夏天要不要去别墅？那时我爸妈都不在家，是不是很美妙啊？"

这次的邀请也是，雄一本该怀疑里面的动机。咲子在别墅中也一丝不苟地备好了观众。

带上各自的男朋友？

说穿了就是这么一回事吧：开一次宠物评比会，互相评估谁带来的男人最棒。千鹤的男友回了乡下，她算是掉队了，此事令咲子心情大好。因为这至少证明千鹤无法随意使唤自己的男友。至于原因是老家发生了火灾，咲子才不管呢。

雄一想，这次就和咲子分手吧。真的是受够了。

车从温泉街出发，沿蜿蜒曲折的道路驶上了顶端的高原。别墅就建在那里。往温泉街的反方向下坡，便可抵达岩石海滩，从别墅的阳台上能望见远方的岛屿。树叶在阳台上落下阴影，风含着海水的气味，吹得人心旷神怡。

鲇美和正志比雄一等人晚到了两小时。雄一见到鲇美的瞬间，便庆幸自己之前没有生气地回家。鲇美是一个极具魅力的女人。

"我是影山鲇美，请多多关照。"

鲇美微笑着注视雄一，眼神中透出坚韧之色。鲇美的年纪应该跟咲子差不多，可她的笑容竟让人感到其中蕴含着某种近似威严的东西。若对五官一一作评，也许咲子才称得上是美女，不过真要说的话，那只是一种植物式的美。而鲇美则拥有不可思议的魅力，与野兽突然站立起来时给人的感觉相仿。遇见鲇美的一瞬间，雄一就被她吸引了，被她征服了。

"他是吉他手。"咲子这样介绍雄一。

"是吗。"鲇美再次露出了微笑。

"我不太听摇滚，特别是最近的摇滚。经典老歌倒时不时地还会听上几曲。"

"经典老歌也有各种各样的，是60年代的，还是50年代的？"

"这个我也不懂，就是听听查克·贝里之类的比较单纯的东西。"

"查克·贝里很棒啊，我很喜欢。摇滚以外的你喜欢什么？"

"说了会被咲子嘲笑的。我喜欢古典音乐。"

"啊啊，古典音乐啊……"

"幻灭了？"

"不，怎么会呢。"

"拉威尔啊，哈恰图良之类的都听。上次啊，我提到我一边听瓦格纳一边作画的事，咲子还说我是希特勒呢。"

"哦，你还画画？"

"嗯。不过我是搞立体的。"

"立体？"

"说成雕刻会比较好懂吧。"咲子插话道，"鲇美做的东西可奇怪了，比如海鸥的尸体什么的。"

鲇美一边笑，一边拍打咲子的肩头。

"你老是拿这个说事，看来你很喜欢我搞的东西啊。"

"海鸥的尸体？"雄一皱着眉追问了一句。

"我在河滩上看到海鸥的尸体，因为给人的感觉太强烈了，所以就把它捡回家去了。我拿各种材料，比如木头、石膏、铝、石头、塑料之类的……怎么说呢，就是按尸体原来的样子去复制它。给咲子看这个真是巨大的错误啊。"

"喔……很厉害啊。雕刻这种东西还是挺有趣的嘛。"

咲子"嘿"地笑了一声。

"低级趣味啦。她居然还拿瓦格纳来配海鸥的尸体。"咲子唾弃似的说。

雄一意识到了咲子与鲇美的不同。鲇美说话时看着雄一的眼睛，而咲子从不看着对方的脸说话，她会偶尔瞥你一眼，但绝大多数时间都在左顾右盼。对咲子来说，周围的人怎么看自己才是最重要的。

鲇美无论是自己说还是听雄一说，总是看着他的眼睛，打量式的直视。她的眼睛拥有将人吸入其中的力量。

"我说，冰箱怎么一点也不冷啊。是不是坏了？"千鹤对咲子说。

雄一和正志检查了一下，但没找到原因。明明插上了电源，却连里面的灯也不亮。

"没冰的话可就做不成饮料了。"

他们最终决定，由雄一和正志去坡下的街市买冰，女性阵营则负责做饭。

"我和鲇美可是青梅竹马。"正志一边开车，一边解释他和鲇美的关系。

"青梅竹马……"

这个词听起来真古老。

"是的，我俩的母亲是朋友，两家经常来往，从幼儿园开始我们就在一起玩了。"

"持续到现在不容易啊。"

"感觉就像亲戚一样。我和她订婚了。"

"订婚？"

意外之辞令雄一不由得看了正志一眼。正志害羞似的摇着头。

"我们是在高中时代——不过鲇美上的是女校，所以我们进的不是同一所学校——是在那时约定的。双方的父母好像也是从一开始就把我们视为一对。"

雄一难以相信这样的话。高中时代订婚，青梅竹马的两人就这么……

雄一再次观察起正志。这人个子算是高的，大概比雄一高两三厘米吧，身材瘦削，看上去有点驼背。头发梳得整整齐齐，下巴光洁无须，简直让人怀疑他是否长过胡子。正志说他正在学习微生物化学，不知是不是因为总待在实验室里，他的手指白皙纤细。正志的表情比较贫乏，被逗笑时的脸和害羞时的脸很难区分开来。

这样的正志和那样的鲇美……

当时，某种难以名状的感觉在雄一心中生根发芽了。一种类似于焦虑的烦躁感。

这天夜里，众人放起唱片跳起舞蹈。咲子和雄一跳了贴面舞，鲇美和正志跳的简直就是民族舞蹈，说要在当地物色男友的千鹤没有舞伴。

"去和千鹤跳一次啦。"第三支曲子开始时，咲子说。

"好开心！那就借我用一下啦。"

千鹤卖弄着奇妙的风情，将身子贴近雄一。

"我可以和他跳吧？"咲子径直走到正志跟前，问鲇美。

被咲子按住胸和腰的正志，脸上仿佛沸腾了一般。雄一与千鹤脸贴着脸，眼睛却注视着正在选唱片的鲇美。

曲目变换后，千鹤又和正志跳了起来。正志发出了异常响亮的笑声。趁咲子制作饮料的间隙，雄一邀请鲇美与他共舞。

"你作曲吗？"鲇美边跳边问。

"嗯，虽然很拙劣。我总是搞出像剽窃作品一样的东西。"

"也写歌词？"

"有时写有时不写。我这个人没有写诗的灵性。"

"写一个给我听听吧。"

"饶了我吧。很难为情的。"

"啊哈哈哈……"鲇美笑了。

搂着鲇美的纤腰,雄一脑中反复咀嚼着正志说过的话:

——我和她订婚了。

他情不自禁地握紧了鲇美的手指。

"哎?"鲇美吃惊似的仰起脸,看着雄一。

"啊,对不起。"

雄一话音刚落,就见鲇美展颜一笑。

# 9

雄一望着杯子里注满的水。

喉咙很干。大家都上过厕所,但谁也没喝过水,肚子里也都空了。

雄一把杯里的水倒入池中,拧开水龙头,用杯子接住流下来的水。

"我喝一下试试。喝了没事你们再喝。"雄一把杯子举过头顶。

"我也要喝。"

鲇美从后面走过来,从架子里取出杯子。

"天知道里面掺了什么,你也敢喝?"

"掺就掺了吧。"

不知何时，千鹤已站在雄一的身后。

"我也要……"千鹤凝视着注入杯中的水。雄一回头看了看正志。

"我不用。我没那么渴。"

鲇美笑出了声："警惕心很高嘛。"

"干杯！"雄一说着，三人互相碰了杯。雄一和鲇美几乎是一口气把水灌进了肚里，千鹤则咽了口唾沫，才两眼一闭把杯子送到嘴边。

"真好喝！"鲇美叫了起来。

这水确实好喝，虽然也有口干舌燥的因素。雄一又放满了一杯水。

三人各喝了两杯。

鲇美从纸箱里拿出一盒营养食品，翻了个个儿。

"唔……"她望着印在盒子上的文字，大声读了起来，"该均衡营养食品可使您轻松摄取日常生活所必需的能量和营养。由于能方便地补充能量，该产品最适合需要在早餐、工作、运动、学习及繁忙时快速补充营养的人们——补充能量什么的，总觉得是把我们当机器人了。"

鲇美边说边拆盒子。雄一拿了一盒，千鹤也有样学样。打开盒子一看，内含两个铝箔袋。撕开袋子，里面有两根粗粗的像饼干一样的东西。雄一闻了闻，味道和奶酪差不多。

他又倒了一杯水，然后拿着杯子和营养食品坐回到地上。

"开吃了。"

听雄一这么一说，鲇美和千鹤笑了。

虽然肚子很饿，但这东西实在谈不上好吃。细碎的粉末黏附在齿间，感觉就像在吃一块做得极其失败的曲奇。雄一一边往嘴里灌水，一边默默地吃着。转眼间一盒就被扫光了。

"要再来一盒吗？"千鹤问雄一。

"不，够了。"

"吃得很少嘛。"

"我在减肥。"

"啊，是吗？跟我一样呢。"

吃了点东西使得掩体内的气氛多少有了一丝缓和。

"好想抽烟啊。"鲇美说。

"你老是香烟、香烟的，简直就像一个尼古丁中毒患者。"

"没烟了就更想吸啦。总觉得人越来越烦躁了。咲子的妈妈也不上心，放点香烟之类的在这里多好。"

"这样不是正好能戒烟吗？"千鹤说，"以前我就一直叫你戒烟来着。"

"烟瘾这么大啊？"雄一来回打量鲇美和千鹤。

"我是从高中开始吸的。差不多一天两盒吧。"

"这个吸得有点多了。"

"嗯，我知道。"

鲇美点点头，站起身，似乎是想岔开话题。她在房间里遛起弯来。

雄一朝正志那边望去。正志一声不吭，目光追逐着团团打转的鲇美。

"对了，"一旁的千鹤说，"睡觉的地方怎么弄？"

啊……雄一抬头看了一眼吊床。

"你希望有人跟你一起睡吗？"

千鹤扑哧一笑："你能陪我睡？"

"只要你有这个意愿。"

"床嘛，"正志扬声说，"就给千鹤小姐和鲇美用吧。我和毛利君睡地板。"

雄一、千鹤和鲇美几乎同时把目光投向了正志。三人你看看我，我看看你，笑出了声。

"有什么可笑的？我觉得这是最自然的做法。"

雄一边笑边向正志摆手："不，不，确实没什么可笑的。你很绅士，真的很绅士。"

"而且还很安全呢。"千鹤像是在做补充说明，"作为未婚夫，你自然不想让雄一先生有机会接近鲇美，对不对？雄一先生这个人可是很危险的，而且又有前科……"

千鹤缩起脖子，打量着雄一、鲇美和正志。正志从吊床底下站了起来。

"请不要说这种怪话。现在不是开玩笑逗乐子的时候。"

"搞得这么严肃……"千鹤笑着对雄一说，"作为饭后的余兴节目，你和正志君就来一场鲇美争夺战吧。怎么样？"

"无聊。"

鲇美从地上拿起杯子，放回洗碗池。千鹤忽地站起身来。

"你什么意思？"

鲇美不予理睬，走到正志身旁取了一条毛毯。

"鲇美，等一下！你说什么无聊？"

鲇美缓缓地转过身，再次面对千鹤。

"没什么。你用不着这么生气。"

"我生气什么了？你倒是心挺宽啊。"

"打住吧，千鹤。"

"反正就是无聊对吧。在你看来，我这个人从上到下都无聊是吧！"

"千鹤……"

"别摆出这种姿态来藐视我！"

"我并没有藐视……"

"胡说！你总是小瞧我不是吗？不管我说什么，你都用怜悯的目光像看小孩子似的看我，总是一副高人一等的样子！"

"你在说什么呀。别说蠢话。这种事我连想都没想过。"

"这不是蠢话！你和雄一先生没搞出那种事的话，咲子就不会死。你不是正志君的未婚妻吗？如果你一直守着正志君，我们就不会被关进这个防核掩体！我的话哪里蠢了？"

话到最后，千鹤已是泣不成声。她冲到正志跟前，一把抢过毛毯。

"千鹤……"

"我不要听！"

千鹤爬上铁梯，钻入吊床躲了起来。

雄一、鲇美和正志全都茫然地望着千鹤所在的吊床。床上隐隐传出了啜泣声。

鲇美回首看雄一，雄一摇了摇头。

"别去管她。"

"……"

正志一脸铁青地看着鲇美，随后把目光转向雄一。雄一叹了口气。

雄一想，也许千鹤才是他们中最率直的人。千鹤说话条理不清，只是乱喊一气罢了，但事实上，这里的四人都抱有相同的感觉。焦躁存在于每个人的心中。当然，是三田雅代让他们陷入了这等境地，大家的愤怒指向的是她。然而谁也不知道该如何攻击雅代。她把四人关进了深埋在地下三米的密闭铁屋，他们甚至找不到对此提出抗议的手段。

鲇美爬上了千鹤对面的床。正志也盖上毛毯，躺倒在地上。

雄一还不觉得困。他把后背靠在墙上，望着就寝的三人。他知道没有一个人睡着。

突然，他又想到，现在是几点？

感觉已经过了很长时间，但也可能没过多久。雄一握住手腕，用手指按压自己的脉搏。

一、二、三……

心里数着脉搏，数到一半就数岔了，只好放弃。

混蛋！

雄一握紧了拳头。

为什么会变成这样？

没有一个人回答他。

# 10

在别墅的第一晚，关于卧室分配发生了一点小问题。

别墅内用作卧室的房间有三个。正式的卧室在二楼，一楼玄关旁也有一间客房，另有隔客厅相望的一间和室，有六帖❶大。

"鲇美和正志君请使用会客室。"咲子理所当然似的说，"我和雄一睡二楼。千鹤会物色个对象过来是吧？你就住和室。"

所有人都露出难以置信的表情，看着咲子。

"咲子，等一下。"雄一说，"你是要千鹤落单吗？"

"这也没办法吧？"

"说什么呢。这样太不自然了。"

"是啊，咲子。"鲇美点头说，"这样千鹤就太可怜了。而且我也不是抱着那种打算来的。"

"……"

咲子来回打量雄一和鲇美，"嘿"地嗤笑一声，又将目光投向千鹤。

"你的朋友不错啊。"

"我……没关系的。"千鹤说，"我就睡和室。"

"啊，是吗。那就这么决定了。雄一……"咲子揽住雄一的胳膊，雄一朝她摇了摇头。

"不行。我和正志君住一个屋，你们三个先选自己喜欢的房间。"

"雄一，别那么固执啦。再说了，正志君也想和鲇美在一起对吧？"

"啊……"正志慌了神似的结巴起来，"不，不，我跟毛利君住一个屋就好。这才是最理想的安排吧。"

---

❶ 帖，榻榻米面积单位，基准为：1 帖 =1.62 ㎡。6 帖，约 10 ㎡。

"咲子，还是这样比较好。"鲇美堆出一副笑脸，"我们三个不也很长时间没一起说说话了吗？"

咲子点了点头，像是在说"知道啦知道啦"。

"那好，二楼女生住，雄一他们住一楼。客房也好和室也好随你们挑。"

要上楼的时候，咲子凑到雄一身边私语道："对不起啊。真不应该把千鹤带来的。"

"不，咲子……"

咲子迅速地亲了雄一一口，走上二楼。鲇美这时已经上了二楼，没让她看到自己被吻，雄一觉得很幸运。

就算千鹤的男友来了，雄一恐怕也会坚持让男女分开睡。一来别墅里有鲇美在，所以雄一很抵触与咲子同床共枕；二来他也不愿想象鲇美和正志同处一室的情景。

我和她订婚了——正志的话在雄一耳边久久徘徊。

雄一和正志决定在和室铺床。因为客房只有一张床。

深夜，轻微的声响把雄一吵醒了。隔扇被关上了。正志的被窝是空的。

他侧耳细听，几乎听不到任何动静。从远方传来了潮起潮落的声音。

正志去哪儿了？

雄一很在意，便从床上坐起身，将全副注意力集中在室外。

不久雄一听到了冲抽水马桶的声音，这才安下心来，钻入被窝。我也真是够傻的……雄一觉得自己很滑稽。

正志回房时，雄一背对着正志的床铺。不久正志就呼呼大睡起来。

经此变故后,雄一倒是睡不着了。

他扯过枕边的手表,对着微光一看,快三点了。

雄一留意着不吵醒正志,慢慢地爬出被窝。确认正志已熟睡后,他悄悄地走出了房间。

来到厨房开冰箱门时,雄一才想起冰箱已经坏了。他打开摆在桌上的冰柜,从里面取出一罐啤酒,拿着它从客厅进入了阳台。

从对面传出呼吸一滞的声音,有人正回头看着这边。

"谁?"是鲇美的声音。

"对不起。"雄一沿阳台的台阶步入庭院,"我不知道你在这里。"

鲇美发出叹息似的声音,对雄一展颜一笑。在暗淡的月光下能看到鲇美睡衣上的花纹。雄一意识到自己的心跳得飞快。

"睡不着?"

雄一走上前去,鲇美耸了耸肩。

"你也是?"

"我们坐下说吧。"

雄一指着摆在庭院的躺椅。两人并排坐下。雄一打开啤酒罐,喝了一口,这才想到鲇美,便把罐子递向她。

"喝吗?"

鲇美摇摇头,点燃了香烟。

"我没来就好了。"鲇美低声说。

"嗯?"

"咲子就是那种人啦。上了二楼后,她还一个劲儿地挖苦千鹤。"

"嗯，我能够想象。"

片刻间，两人都沉默了。

雄一话到嘴边，却怎么也说不出口。为了增加勇气，他一口气把酒喝了个精光。鲇美掐灭了烟。

"你们……订婚了？"问出口的话却像缠绕在了咽喉深处。

"什么？"鲇美直视雄一。

"你和正志君订婚了不是吗？"

话音刚落，鲇美忍不住笑出声来。

"什么呀这是。是谁这么说的？"

"没这回事吗？是正志君这么说的。"

"荒唐。啊啊，真是讨厌。"

鲇美边笑边摇头。看着满脸笑容的鲇美，雄一的面颊也松弛下来了。

"我俩的父母呢，都是朋友。"鲇美忍着笑说，"我和正志君只差一岁，总是在一起玩。这种事不是很常见吗，什么'长大了我们就结婚吧'之类的。"

"不是说真的呀……"

"讨厌啦，难道那家伙真有这个意思？好危险啊。"

"他对我可是这么说的，'我们是在高中时代约定的'。"

"这个我记得。他来玩的时候，我们提到了小时候约定结婚的事。父母觉得有趣，说了一句'这倒是挺好的'，然后大家就乐了。当时正志君说那我正式求婚吧，所以我就说了句'请便'。只是玩笑罢了。"

"那家伙可没觉得是玩笑。"

"真是一个麻烦的男人。"

"你有其他恋人吗?"

"……我吗?"鲇美凝视着雄一。

"应该有吧。"不知为何雄一害怕对方的回答,语气中也带上了玩笑的意味。

"没有。"从鲇美嘴里漏出了这两个字。

对话进入了奇妙的停顿。

现场的氛围令雄一有了某种期待。就算不行也要试一下,试总比不试好……他有意识地在心里说这些话给自己听。

"也就是说,我可以当候选人了。"

"……"鲇美默默地注视着雄一的眼睛。

"不行吗?"

鲇美没有回答,而是低头看着自己的脚下。片刻的沉默后,雄一觉得必须说些什么,正要张嘴,鲇美先开了口:"你是开玩笑的吧?"

"才不是呢。我是认真的。"

鲇美缓缓地摇头:"你不要轻贱我。你把我看得太廉价了。"

雄一慌了:"不,不,你等一下。我不是开玩笑,完全没那回事。"

"你不是有咲子了吗?"

"我已经对她厌倦了。"

"又来这套。我可要去告状了。"

"随便你。我来这里就是为了告诉她,我们分手吧。我没想到这几天会和你们一起度过,也不知道她的这个计划。她总是这样,无视我的存在,任何事不按她的想法来她就不舒心。我对这个人已经烦透了。"

"说什么呀?哪有说要分手还在人家家里过夜的?真是幻灭。

我还以为你很优秀呢,没想到就是一个在人家的卧榻旁勾引另一个女人的男人。"

"不,不,是我讲述的方式不好吧。我是说真的。我……"

鲇美摇着头,站了起来。

"打住。请你适可而止吧。晚安。"

"这……这个……"

鲇美像是要摆脱纠缠似的,沿台阶离去了。雄一紧咬嘴唇,目送着鲇美走入客厅的背影。

雄一想再找个机会和鲇美单独相处。不能就这么放弃了。他还是第一次对咲子的存在感到如此懊丧。然而令人意外的是,这个机会却是由对方提供的。

第二天,五人去了海边。

他们分乘两辆车抵达海岸附近,然后从小路下行,来到岩石海滩。咲子凑到雄一身边。

"我会创造时机的。"

"这怎么行,大家都在,而且我……"

不等雄一说完,咲子就用手堵住了他的嘴。

"没关系的。鲇美他们干得也不赖啊。鲇美昨天从被窝里爬出去了。你那边没发现正志也不在了吗?"

"……我睡着了。"

不快感油然而生。

"今天晚上你也来找我。"

"不行,我不喜欢这样。"

说着,雄一迅速远离了咲子。

五人在海滩上玩闹,时而模仿用水下呼吸管潜游,时而躺在乱石间的沙滩上,让阳光晒黑后背。

"肚子饿啦。"咲子要雄一去街市买三明治。

"我……我也去。"鲇美站起身来,"正好可以顺道去一次别墅,浴巾不够用了。"

雄一故作镇静。

两人坐进咲子的阿尔法·罗密欧车,离开了海岸。鲇美在红色的连体泳装外披了一件白色的敞领长袖衫。称赞她身材好时,她笑着说"不许看",瞪了雄一一眼。感觉昨晚的事就像没发生过似的。

两人顺道去了别墅。当鲇美抱着浴巾下来,走到客厅时,雄一挡在了她的面前。

"……你要干吗?"

鲇美神色不安地往后退了几步。

"我喜欢你。"

"……"

鲇美微微摇头。摇着摇着,她的嘴角忽然绽放出笑容。

"我是说真的。"

雄一步步紧逼,鲇美连连倒退。她抬起双手向前伸出,把手里的浴巾按到雄一的胸前。雄一不得不下意识地抱住了浴巾。

"……"

"我这也是为了安全起见。这种时候你空不出手来,我就安全了。"

"什么意思?"

鲇美笑嘻嘻地摇头说:"不懂吗?就是为了防止你下决心强奸我啊。"

雄一瞪大了眼睛："我可没想过做这种事……"

"谢了。"

"我喜欢你……我只是想把这个意思传达给你。昨天我惹你生气了，也没把我是真心的……"

鲇美缓缓地摇着头，坐到楼梯上，仰望抱着浴巾伫立当场的雄一。

"我可没生气。"

"……"

"听到对方说'请当我的女朋友吧'，没有女孩子会感到不愉快。你不用担心，我没生气。"

"真的？"

鲇美点头。

"真的。但是你这个人好麻烦啊，你到底想让我怎么做呢？"

"怎么做……我就是在想你能不能和我交往呢？"

"我们不是已经在交往了吗？从昨天开始就一直在交往。你不是这么想的？"

"不，我指的不是这个。"

"是指作为恋人交往？"

"对……"

鲇美注视着雄一的眼睛，脸上始终保持着微笑。

既然鲇美和咲子同岁，就意味着她也比雄一小三岁。然而雄一却觉得鲇美比自己年长。

"我……从昨天看到你的时候就喜欢你了。"

"真会骗人。"

"真的。我是认真的。"

"我也在很认真地听。我也知道你的话是出于真心的。我很高兴。"

"那我们……"雄一又向鲇美跨近了一步。

"等一下！"鲇美举起手。

她叹了口气，从楼梯上站起来，径直走向客厅的沙发，坐下后用手"嘭嘭"拍了拍身边。

"坐这里。"

雄一依言走到鲇美身旁，坐了下去。

"其实呢，我也喜欢雄一先生。"

雄一倒吸了一口气。鲇美轻轻摇头，仿佛在阻止雄一的下一步行动。

"你听我说。我喜欢你，但是呢，我也希望你了解一下我这边的难处。"

"难处？可是……你说你和正志君并没有婚约啊。"

鲇美摇头说："不是这个，我说的是咲子。"

"我不是说了吗，我们……"

"你想说你们会分手是吧。不是的，问题是在我身上。"

"你身上……"

"我是咲子的朋友啊。你明白吗？我和咲子的朋友关系可没有结束。"

"啊……"

"难道你认为女人之间是没有友情的？"

"不，我没有这个想法。虽然我不是很清楚，但男人间的友情和女人间的友情应该是差不多的吧……"

"假如你朋友的女友向你暗送秋波，雄一先生，你会怎么做？"

"……"

"你会轻易地说一句'那我就接受了'吗?"

雄一盯视着手中的浴巾。

"别看咲子那样,她可是真心喜欢雄一先生的。我一直听她提起你,你和咲子交往了很长时间不是吗?"

"很长时间?不,不,最多也就两个月。"

"那确实很长了。咲子从来没跟一个男人交往过这么长时间。因为喜欢你,所以竟然持续了两个月。"

"能不能打断你一下。我知道你和咲子是朋友,也知道你不想破坏你们之间的友情。但是,这样很不坦率啊。我很喜欢你,这才是最重要的事。虽然你说咲子喜欢我,可我不觉得,我就像她的一件附属品。她只能用这种方式看待一个男人,我已经烦透她了。"

"那是因为咲子的性格有点男性化。"

"男性化?"

"没错。你不觉得吗?不知道有多少男人只把女人看成自己的装饰品呢。咲子的思考方式就是男性化的。"

"……是这样吗?我倒是觉得你比较男性化呢。"

"啊哈哈哈……"鲇美放声大笑。

"我可是很女性化的,程度严重得连我自己都觉得讨厌。"

"……"

雄一把浴巾放到桌上,再次面对鲇美,执起她的手。

"我可没说你可以把浴巾放下。"

雄一拉她的手。鲇美只是摇头。

"别为难我。"

雄一轻吻她。鲇美笑着想从他身边逃开。
"你执意要破坏我和咲子的友情?"
"是的。"
雄一紧紧抱住了鲇美。
"我们得去买三明治了……"
鲇美话音未落,雄一已经堵住了她的嘴唇。

## 11

雄一望着睡下的三人。

不知道他们睡着了没有。屋里还亮着灯,开关就在洗碗池旁的墙上,但他害怕关灯。空调的轻微轰鸣声不断传来。正志似乎在鲇美的吊床下翻了个身。雄一从地上爬起来,向卫生间走去。

七张照片仍在那里贴着。还有那行红字:是你们杀的。

雄一解完手,再次凝视那行字。准备出来时,他发现门下的缝隙中有一块毛巾,像是揉成一团后被硬塞进去的。可能有人把它当抹布用了。毛巾的一半已被染为茶褐色。

雄一从卫生间出来,看了看天花板的梯盖,随后爬上铁梯握住上面的手柄。梯盖悄无声息,仿佛嵌死在天花板上似的一动不动。

回房间后,雄一告诉自己还是睡一觉比较好,但又完全感觉不到倦意。他走到千鹤的吊床底下,寻了个空地躺下来,把毛毯盖到肚子上,抬眼看睡在斜上方的鲇美。

鲇美睁着眼睛,正默默地注视雄一。雄一也在看她。那双眼睛似乎想诉说些什么。

怎么了?

雄一不出声,只是嚅动嘴唇问她。鲇美只是摇头。

——告诉我这是骗人的!

感觉咲子的声音就在耳畔回响。雄一不由自主地握紧了毛毯。

无可挽回的纠纷发生在最后一晚。

"千鹤,明天你坐正志君的车回去。我和雄一要在这里再待一天。"

傍晚,刚吃过晚饭,咲子突然在阳台上宣布道。

尽管已是黄昏,但屋里仍十分闷热,众人都在阳台纳凉。

雄一吃惊地看着咲子。

"再待一天?"

"对啊。拜某人所赐,好不容易搞出来的计划都泡汤了。"

"等一下!我明天要回去的。"

"这怎么行,我不能让你回去。这几天我觉得很对不起你。"

雄一看了看千鹤,她正恼火地瞪视着咲子。

"对不起什么的,根本没那回事。我过得很快乐。明天我必须回去,因为我跟乐团的伙伴有约定,而且还要打工。"

"请个假不就完了。那种赚不了几个钱的零工,没必要勉强自己去打。"

"跟这个没关系。我都说了我要回去。"

咲子呼地长出了一口气,表情僵硬起来。随后她转向千鹤,说:

"你看你看,你完全把这个人给惹恼了。"

"咲子……"

咲子一摇头,拦住了雄一的话头。

千鹤从椅中站起来。

"说说清楚,你这话到底是什么意思?"

"真是迟钝啊。"

"你是说我来这里来错了?"

"事实如此嘛。到头来也不知道你是不是真有男朋友,反正你不惜编瞎话说你男朋友的老家着火了也要跑过来添乱,玩得可快活了不是吗?"

千鹤呼吸一滞。

"……这,这叫什么话。什么叫编瞎话?"

"我清楚得很,你那个茨城还是福岛的男朋友反正是不存在的。"

"说什么呀!你明明什么也不知道。"

"我才不想知道呢。你那些编出来的故事谁要听啊。"

雄一按住了咲子的胳膊。

"别说了。咲子,你都说了些什么呀。"

咲子一耸肩。

"骗人的,都是骗人的!什么在当地物色,真是笑死人了。就凭她?一个压根没这种想法,连跟男人搭话的勇气也没有的人?"

"喂,我不是叫你别说了吗?"

"千鹤啊,是很难找到男朋友的。"

"咲子,还不打住?"

"她听我和鲇美提到男朋友的事,不好承认自己没有,所以就说些貌似自己很受男人欢迎的话。"

"不要说了!"

雄一大喝一声,咲子终于闭上了嘴。

"千鹤……"身后的鲇美唤了一声。雄一仰视站在那里的千鹤。

千鹤紧握颤抖的双拳,圆睁双目,瞪视着咲子。然而,咲子却笑嘻嘻地对她说:"咦?我说什么惹你不高兴了?我自认只说了一点事实而已。"

"……"

千鹤突然朝咲子吐了口唾沫。

"你干吗!"

咲子站了起来。千鹤一扭身向客厅走去。

"站住,千鹤!"

千鹤转过头,眼里浮现出泪花。

"我要收拾东西准备回家,这就告辞了。现在还有电车。我回去后,请你们自由自在地想做什么就做什么。不过呢,我不知道你的雄一先生会不会如你所愿,抱着你共度良宵。"

"搞什么呀?我不希望你连我跟雄一的事也要来插一脚。快道个歉吧。"

"我可没必要道歉。和你一样,我也只是说了一点事实。咲子,你可是很受欢迎的,跟我不一样。不过呢,你还不知道吧,你家男人已经厌倦了你,投向别人的怀抱啦。"

雄一的目光扫向了千鹤。

咲子扑哧一笑:"别人的怀抱?你是想说雄一喜欢上了你?现在你又开始妄想这种蠢事了?"

"不，不，那个人怎么会是我呢，实在是不敢当啊。我的意思是雄一先生早就离开你，成了鲇美的人啦。"

"……你在说什么？"

咲子赫然回头向鲇美看去，鲇美则表情僵硬地盯视着千鹤。咲子继续将目光移向雄一，雄一无言以对。

咲子再次面对千鹤："开什么玩笑！净是胡说八道！"

"胡说八道？"千鹤用手背拭去眼泪，嘿嘿地笑了起来，"那好，咲子我问你，昨天晚上你去庭院了吗？"

"……你什么意思？"

"当时雄一先生在院子里，和一个女人抱在一起。"

咲子回头望向雄一，千鹤接着说了下去。

"脸跟脸贴得紧紧的呢。一开始我以为是咲子，可是你还睡着，鲇美倒是没在床上。"

"那个男的是正志君啦！"咲子眼望雄一，伸手指向正志那边，"既然抱着的人是鲇美，那肯定是正志君啊。"

正志圆睁双目，僵坐在那里。

"很遗憾，看起来不是正志君啊。"千鹤用得意扬扬的声音说，"而且，我不光在昨晚看到了雄一先生和鲇美，前天去海边的时候，我也看见他们进了林子，还手拉手来着。"

咲子一把揪住雄一的胳膊，银色的耳环激烈地摇晃起来。

"骗人的吧？"

雄一一声不吭。

"告诉我这是骗人的！快说！"

千鹤笑出了声："哎呀呀，咲子小姐好可怜啊，被人家甩得嘎嘣脆。"

咲子猛摇雄一的手臂。

"雄一！快说这是骗人的！"

"咲子，我……"

咲子捂住耳朵，向鲇美那边冲去。雄一慌忙按住她。

"鲇美，是你引诱他的对吧！"

"不是的。"雄一把咲子的脸扳向自己，"是我引诱的她。我喜欢鲇美。"

咲子的手突然砸向了雄一的脸颊。

"我不要听！"

"咲子，"千鹤以干涩的语声说，"现在你要不要和我一起去物色男人？你告诉我，怎么勾搭男人？你出马的话，肯定能钓上一个又一个吧。"

"闭嘴！"

咲子向千鹤走去，突然甩了她一记耳光。千鹤尖叫一声，咲子也不停手，往她脸上扇了好几下。雄一上前阻止，不料千鹤反倒打起了咲子的脸。咲子挣开雄一的手，又抓向千鹤。

两人扭打成一团，滚倒在阳台的地上。最后，咲子骑在了千鹤身上。

"看你再乱说话！看你再愚弄我！"

咲子一边吼叫一边掐住千鹤的喉咙，猛击她的脸。

"住手！"

雄一勉强把咲子从千鹤身上扯下来。正志从身后摁住了要上前厮打的千鹤。

"你们都给我出去！"咲子吼道。

她甩开雄一的手，冲进了客厅。千鹤放声大哭，一把推开正志，从阳台跑向庭院。鲇美追了过去。

雄一在意咲子的情况,便进了房间。咲子蜷身坐在厨房里,见雄一进来,她逃也似的跑向客房。客房的门在雄一眼前被猛地关上。

"咲子。"

雄一握住把手,慢慢旋转,打开了门。

"别过来!"

咲子在床的另一侧回过头来,手里拿着一个包在毛巾里的东西。雄一注意到她右耳上的耳环不见了。

"咲子,你听我说。"

"别过来!"

咲子向雄一挥舞手中的毛巾。从形状看,毛巾里包着某种棒状物。

"咲子,我觉得很对不起你。但是我……"

"我不想听!"

咲子别过头去,朝摆在凸窗前的椅子走去。

"没想到你会对我做出这种事。真不敢相信。你让我受了这么大的羞辱……你为什么要这么做!"

"……"

受了羞辱……?雄一做了个深呼吸。没错,对咲子来说最大的冲击不是雄一的背叛,而是在人前受到羞辱。

窗外的亮光勾画出了咲子的背影轮廓。凸窗前有一张低靠背的摇椅。窗槛被用作置物架,上面搁着一排赏叶植物的盆栽,从盆中垂落的长叶,搭上了摇椅的靠背。

咲子把手上的毛巾插入盆栽间的缝隙,缓缓转身面对雄一,坐进摇椅，将毛巾挡在身后。乍眼一瞧，盆栽似乎与咲子的头部重合在了一起。

"还是第一次有人对我做这种事。"咲子说。

雄一绕过床走到咲子面前，在床上坐下。

"你一直在欺骗我啊。"

"不，并不是这样的。"

"你不就是在欺骗我吗！"咲子一边前后摇动椅子一边喊叫。

"听我说，咲子。"

"让我受这样的委屈，我一定会让你后悔的。我要让你知道我的厉害！"咲子表情凄厉地怒视雄一。

"咲子，听我说！我……"

"我不要听！谁会就这么算了？我爱你，那么爱你，可你却做出这种事。想睡就睡，把我当玩物，然后说扔就扔！"

"不是的。我对鲇美……"

"鲇美怎么了？那女人到底对你做了什么？那种女人哪里好了？"

雄一无奈地摇了摇头。

咲子冷不防站起身，径直走到雄一面前。

"告诉我……这都是假的对吗？"她用双手捧起雄一的脸，"你爱我，对不对？你是在考验我，你是在考验我有多爱你，对不对？"

"不，咲子……"

"是我不好。难得有一次夏休，我还把它糟蹋了。我明明是想两个人单独过的。你生我的气了对吗？好了，别撒娇了，我原谅你了，我也有不对的地方嘛。"

咲子的手伸向雄一的T恤，脸也凑了过去。

"把它脱了。我们和好吧,好不好?别再想这件事了。"

她的唇徐徐地掩上了雄一的唇。

"停!"

雄一抓住咲子的手。咲子"啊"了一声,嘴唇离开了雄一的脸。

"我们已经结束了。结束了!"

"胡说……"

雄一从床上站起来。

"别想歪了。我不是在考验你,我也没必要考验你。"

"雄一……不要啊!"

咲子一头撞向雄一,把他紧紧抱在怀里。

"我喜欢的是鲇美!"

"不是的,你骗我!你不要再骗我了!"

咲子踮起脚,索求雄一的唇。雄一狠狠地挣脱咲子的怀抱,把她推开。

"不要再自以为是了!"

被推开的咲子直接跌入摇椅,大大张开的嘴里发出了吸气的声音。椅子剧烈地前后摇晃起来。咲子张着嘴、圆睁双目,就这样凝视着雄一。

雄一径直走出房间。打开门时,他说了最后一句话:

"我已经厌倦和你在一起了。我,喜欢鲇美。"

咲子仍是一脸吃惊的表情,凝视着雄一。雄一力道十足地关上了门。

然而,雄一没有想到这是他见咲子的最后一面……

## 12

雄一被一阵金属音吵醒。

一转头,蹬着腿、弓着背睡觉的正志便跃入了他的眼帘。毛毯被他蹬在脚下,变得皱皱巴巴的。雄一发现自己也把毛毯蹬掉了。掩体内并不寒冷,可能是因为温度调节十分到位,盖上毛毯反而觉得热。

雄一直起上半身,先瞧了一眼鲇美的吊床。鲇美面墙而睡,从床角能窥见她纤细的肩膀。

金属音又响了起来,雄一回头向门口望去。

"早上……好。"千鹤正站在门旁。

"几点了?"雄一不假思索地问。话一出口,他才意识到这个问题毫无意义。他站起来,朝千鹤走去。

"根据我体内的生物钟,应该是七点左右吧。刚才我起来后吃了顿早饭。"

"想不到你是早起的类型——你这是在干吗?"雄一打量千鹤的手。

"我在想这个是不是能拆下来。"

千鹤拨弄着门左侧墙上那件奇怪的装置。管道的根部连着一个水压阀门似的东西,阀门的侧面伸出一根呈L形的曲柄,就像古董车里常见的那种用来发动引擎的手摇柄。千鹤的手正握在曲柄上。

"这是什么东西?"

"不知道。我拧了一下,有点反应,但也就是发出了风扇一样的声音,其他什么动静也没有。"

"能不能让一下。"

雄一与千鹤换位后,试着转动曲柄,手上果然感到了一股抗力。把手拿开,曲柄因惯性又转了一会儿。管道上方确实有电扇吹风一样的声音,与此同时,阀门内也吱吱作响,像是由金属摩擦造成的。但除此之外,没有任何变化。

雄一突然回过神来,打开门,观察梯盖的样子。没有任何变化。

"我也在想,如果这样就能打开梯盖的话就好了。但看起来没那么简单。"

"好像是的。胡乱摆弄这种不明装置也危险,可能还是别去动它的好。"

雄一完全想不出这装置到底是用来驱动什么的。在机械当中,只有汽车和扩音器他还懂一点。

"其实我想的是,这根棒子能拆下来的话,是不是可以拿来撬梯盖。"

"原来如此。"

雄一细细查看曲柄的根部。曲柄被粗大的螺帽固定在阀门侧面。他用手指捏住螺帽,试着一拧,完全转不动,还沾了一手指的黑色油污。

"我看难。咲子的妈妈好像把这里彻底地清理了一次,连半个工具也没有。"

雄一再次抓住曲柄,看能不能拆下来。感觉曲柄可以微微晃动,但也不是靠拧就能拆下来的。

"果然不行啊……"千鹤叹了口气。

雄一听到微弱的如呻吟一般的声音,便回头朝吊床望去。鲇美从床上探出脸，看到雄一和千鹤后，沿梯子爬了下来。正志还在睡觉。

"啊，"千鹤推了推雄一的手肘，"你看这个。"

千鹤来到洗碗池前，指了指纸箱的旁边，那里散落着五个营养食品的空盒子。

"昨天我和雄一先生、鲇美不是各吃了一盒吗？然后刚才我又吃了一盒。"说着，千鹤眼里含笑，望向正在睡觉的正志。

"啊啊，原来如此。"

看来在大家睡觉的时候，正志也吃了一盒。想必是见其他人没有出现异状，正志也明白了，这食品很安全。

雄一在池中洗掉手上的污迹，顺便又洗了把脸，在水龙头下冲了冲头。随后，他蓄了一杯水，漱完口后一口气把剩下的水都喝光了。

突然，他的视线停留在了洗碗池上方的水箱上。

水……是不是有限的？

雄一望着吧嗒吧嗒从水龙头里滴出的水，又拧紧了一下旋塞。

"我也想洗漱一下，可以吗？"

听鲇美这么一问，雄一让出了洗碗池前的位置。

"啊！"

这时从身后传来了正志的声音，雄一吃惊地回过头。

正志从地上直起身，环顾四周。他睁大了眼睛，注视正看着自己的雄一等人，似乎很惧怕他们。

"怎么了，正志？"

"……"

正志颤抖似的摇了摇头。他凝视着身旁的墙壁，举拳砸了过去。

"喂,正志!"

"放我出去!"

正志一边吼叫一边爬上铁梯,使尽浑身力气击打梯盖。

"求你了!放我出去!"

由于击打的反作用力,正志脚底一滑,从梯子上跌了下来。雄一忙奔向他。

"喂,你不要紧吧?"

雄一把手搭上正志的肩头,正志紧紧抱住了雄一的腿。

"放我出去!把我从这里放出去……"正志泣不成声地说。

"……"

雄一回头看了看鲇美和千鹤,两人都默默地注视着正志。

雄一拨开正志抱住自己的手。

"什么时候才能放我们出去?"正志仰头问他。

雄一摇摇头。

"我要在这里待到什么时候?"

"不知道。这个得由咲子的妈妈来决定。"

"那到底是什么时候?"

"不知道。"

"你怎么这么满不在乎啊!都什么时候了,你还这么满不在乎?"

"我没有满不在乎。不是只有你一个人着急。"

"那为什么还摆出这样的面孔!"

雄一坐倒在地上。

"昨天——也不知道这么说对不对,我们一起呼救过。你还记得吧。"

"……"

"没有一个人回应我们的呼救。这里是造在别墅庭园下面的掩体,是埋在地下三米深的掩体!周围的建筑也都是别墅。现在这个季节,没几个人会来别墅住,这一带基本是无人区。就算有人,也听不到我们的声音。和你一样,我也好,鲇美也好,千鹤也好,大家都想出去,都想拼命从这里脱身,但这问题不是靠嚷嚷就能解决的。"

"我没有毛利君那么强大……"

"我也没什么强的。不是只有你一个人害怕,大家都一样。"

"只有死路一条了吗……"

"正志!"

"只有死在这里了吗?我不要啊!"

"……"

正志的表情崩溃了。他像个孩子似的抽抽搭搭地哭起来。

恐怕是醒来后的一瞬间,正志受到了恐惧的侵袭。他猛然想起自己正睡在哪里,恐惧感因此而急剧膨胀。

"为什么咲子的死……"正志颤抖着声音说,"为什么那个会是杀人案?为什么那个人要这么说?"

雄一叹了口气。

这时,正志突然站起身,推开"喂!"了一声想阻拦他的雄一,向门口奔去。雄一在他身后紧追。

正志冲出门,跑进卫生间,伸手把贴在墙上的照片一一撕下。他揭下七张照片,回头递向雄一。

"你看,这哪是什么杀人案?这不就是事故吗!"

雄一盯视着正志的眼睛,接过照片,随后抓住对方的肩头,把他带离卫生间。两人进入房间后，雄一让正志坐到地上，将揭下的七张照片交给千鹤，自己去洗碗池边倒了一杯水。

"给你水。"他把杯子递给正志。正志呆呆地看着杯里的水。

"我没法理解，但她妈妈就是这么想的。当然，她的意思应该是，咲子的死是我们造成的，等于是我们杀了她。"

"为什么……"正志盯着杯子低语道。

"那天我和咲子吵架了。吵架的具体内容没跟警察说，也没跟她妈妈说，我只说吵过架了。咲子那个性格，头脑一热也不知道会做出什么事来，当时她就处于那种状态。开车出去，冲上黑乎乎的悬崖，没把好方向盘，结果掉海里去了。她妈妈说，她当时的精神状态是我们造成的。"

"等一下……"

听到身后千鹤的话，雄一回过头去。

"总觉得……有点奇怪。"千鹤看着手中的照片，那是刚从海里拖上来的阿尔法·罗密欧车的残骸。

"奇怪？哪里奇怪？"

"我总觉得咲子不是冲上悬崖，然后没把好方向盘。"

"怎么说？"

"你想啊，车是在那里停过的。那天早上发现车掉海里之前，我们曾经看到她的车停在那个悬崖上。"

"这又怎么了？"

"车停在那里……"千鹤的视线离开照片，投向了虚空，"当时咲子没在车上，而是去了某个地方。车里是空的，连车钥匙也被拔走了。我们在周围找过，但哪儿都不见咲子的人。"

"……"

"她开车冲上悬崖,就这么掉海里去的话,我还能理解,但咲子一度在那里停过车。也就是说,她在那里停车,去了什么地方,然后回来再开车的时候掉到海里去了?"

"唔……"

雄一多少理解了千鹤的意思,感觉她说得没错。虽然他还没有一个清晰的想法,但咲子的行为中确实有不自然之处。

咲子把车留在崖上后,去了哪里?

"你们是什么时候在那里看到阿尔法·罗密欧车的?"

"这个嘛……"千鹤看了鲇美一眼,"当时很黑对吧,是两点还是三点来着?"

"我记不清了。"鲇美摇头说,"两点还是三点,不都一样?"

"你说很黑,是指一团漆黑吗?"

"不是要捏你鼻子你也不知道的那种,就是天阴阴的,关了车灯周围就暗得不行。我们找咲子靠的是正志君的车灯和手电筒。咲子的车里也有手电筒,所以就用了。"

"等一下。"雄一一皱眉,"咲子车里的手电筒?"

"嗯。正志君往敞篷车里看了看,然后把手电筒递给了我。"

"……"

雄一觉得不可思议。

咲子怕黑。在黑暗寂静的崖上,咲子停车,然后下车,却连手电筒也不带。她去了哪里?去做什么?为什么要去?

"确实……很奇怪。"雄一喃喃自语道。

## 13

众人吃了一顿只有水和营养食品的饭。无滋无味。

三人用餐期间，千鹤一直在看从卫生间剥下的照片。

"我得去研究所了。"望着营养食品的空盒，正志突然说出这么一句话。

"研究所？"雄一问道。

"我在那里打下手，帮他们开发药品。"

"打零工？"

"差不多吧。其实赚不了几个钱，我只是为了确保有个就业的地方。"

"是这样啊。毕业了就去那里工作吗？"

"不，将来我还是想留在院里。"

"研究生院吗？"

"是的。"

"你很喜欢学习啊。"

"是很喜欢。学习比较适合我。要被骂了……现在不去研究所的话。"

"怎么会被骂呢，毕竟情况特殊嘛。帮忙开发药品，具体做什么事？"

"我只是打个下手，照顾一下动物什么的。"

"动物？什么动物？"

"实验用的动物。沟鼠、白鼠、兔子、狗、猴子等。"

"哦，是要用这些动物做实验？"

"因为不能拿人做实验啊。照顾动物很辛苦的。有时还必须尽可能地保持无菌状态。"

雄一环顾掩体内部。

实验用动物啊……

总觉得自己也成了那种动物。被关在狭小的空间里,接受实验,接受观察。只给水和营养食品,完全断绝与外界的接触时,人会变成什么样呢?

观察?

雄一突然想,三田雅代现在在干什么呢?她只是想把我们关起来吗?

雄一看了看铁梯子的上部。银色的梯盖,沿顶棚蜿蜒的粗管,没有窗的墙壁。

雅代正在某处观察我们吧。

荒唐……雄一笑自己愚蠢。怎么做才能从外面窥探密不透风的掩体内部呢?

"雄一先生。"千鹤在对面呼叫他。

千鹤还在查看照片,她一手拿一张,似乎在比较两者的异同。

"你看一下这个。"千鹤抬起头,将视线从照片移向雄一。

"什么?"

"你看啊。"

千鹤把两张照片的正面朝向雄一。雄一起身,走到千鹤坐着的地方,接过两张照片看了起来。

一张是从海里拖上来的阿尔法·罗密欧车,另一张是咲子的全身照,照片里的咲子在车前摆了个造型。

"有没有注意到什么?"

千鹤打量着雄一。鲇美和正志来到雄一身后。

"注意到什么？是什么？"

"仔细看一下车好吗！"千鹤指了指照片。

雄一开始比较两张照片。从海里拖上来的阿尔法·罗密欧车没有右前轮，发动机罩坏得不成样子。照片下方的余白处按有一个印章：报道通讯社。

看来用的是报纸上的照片。这是一张黑白照。

咲子全身照里的阿尔法·罗密欧车自然保持了完整的形状。这张是彩照。这辆名为Spider的大红色流线型赛车，可通过切换操作变身为敞篷车。咲子喜欢在敞篷模式下开车，照片中的阿尔法·罗密欧车也是如此，叠起的车篷被塞在后车座背面的狭小空间里。

雄一抬头看着千鹤。

"还不明白？"

"不明白。到底是怎么回事？"

"是车座啊！看车座的位置。"

"……"

车座的位置？

雄一的视线又回到照片上。

"跟车门的位置比一下看看？你看，这里和这里，位置不一样不是吗？"

雄一调整了一下拿照片的手势。

千鹤说的是驾驶座。两张照片都是从车的左侧拍的。由于方向盘在左边，所以驾驶座位于近景处。

"啊……听你这么一说，还真是的。"

从海里拖上来时的驾驶座比彩照中的驾驶座位置更靠后。

"你不觉得奇怪吗?"

雄一盯视着千鹤,皱起了眉头。

"奇怪?"

千鹤不耐烦地用手指叩击那张黑白照。

"如果当时是咲子在开车,那座位的位置没道理不一样啊。"

"……"

雄一将视线转回到照片上。突然,一段过去的记忆在他脑中复苏了。

那是和咲子一起兜风时发生的事。

因为口渴,咲子把车开进了路边的免下车餐馆。再次出发时,她说想换雄一开车。雄一坐进驾驶席,握住方向盘,发觉空间太狭窄了,便将座位往后挪了一些。他说"这是因为腿的长短不一样吧",结果还被咲子捏了一把大腿。

没错,当时雄一调整了驾驶座的位置。不,不光是那个时候,每次开咲子的阿尔法·罗密欧车,雄一都会把驾驶座调整到最适合自己体型的位置。

"明白了吧?"千鹤说,"开这辆车的人不是咲子。"

"可是……"

雄一回头看身后的二人。

正志死死地盯住雄一手中的照片。两人对上视线后,正志"咕嘟"咽了一口唾沫。

"只是掉下去的时候错位啦。"鲇美说,"思路很有意思,但纯属想多了。"

"掉下去的时候……"

千鹤眼神困惑地看着雄一，随后又将目光落在照片上。

雄一想象了一下阿尔法·罗密欧车从崖上坠落的情景。慢镜头中，大红色的阿尔法·罗密欧车缓缓坠向大海，一瞬间过后，咲子的身体被甩出驾驶席，车猛烈地撞入了海面。

"不是的……"雄一再次捏紧照片。

"鲇美，"雄一摇头说，"不是的，不是这样的。"

"什么意思？"

"不是坠落时错位的，而是在掉下去之前就被调到了这个位置。"

鲇美眯起眼睛，凝视雄一。

"你为什么能说得这么肯定？"

"看一下照片你就明白了。车的前部坏得不成样子，也就是说，是车头先栽进海里的。如果是坠落的冲力让驾驶席错位了，也只会往前移，而不会往后移。"

"……"

鲇美露出难以置信的表情，盯视着雄一。

"可是，那……怎么会这样呢？"

"是咲子以外的某个人在开车。"千鹤加重了语气，"咲子是和某个人一起去那里的。"

"那你说这个人是谁？"正志的声音有些颤抖。

"只有一点可以肯定，是一个身材比咲子高大的人。"

"这个人是谁……"

千鹤打量了一下正志，又看了看雄一。

"开什么玩笑！"正志叫道，"你脑子有问题吧。怎么可能存在咲子以外的人？座位的位置什么的，真是无聊透顶！"

"我也没说就是正志君啊。"

"那还用说！这不是事故吗？连警察的结论也是事故。这个既不是自杀，也不是杀人，就是事故！"

"警察可没注意到座位的位置。发现咲子的尸体已经是两个月之后的事了，听说尸体根本就没法看。谁也没注意到座位位置的问题。"

雄一的视线落在千鹤手中的照片上。

事故……

在那座悬崖上究竟发生了什么？

"千鹤，"鲇美说，"就算有别的人和咲子在一起，那又怎么了？"

"什么怎么了，你不觉得奇怪吗？"

"可能是有点奇怪，但这又意味着什么呢？现在谈这种事毫无意义。"

"毫无意义？"

"你能把这张照片拿给警察看吗？我们都被关在这里出不去了。就算咲子是和别的人一起去悬崖的，那又怎样？能把我们救出去？对我们来说，怎么从这里出去才是最重要的，不是吗？"

"怎么出去？"千鹤叫道，"我们怎么才能出去啊？这里有我们能逃出去的路吗？"

"我们要想办法出去！难不成你已经放弃了？"

"说什么蠢话！"屋中回荡起千鹤的尖叫声，"什么毫无意义啊！我们被关在这里不就是因为咲子死了吗？咲子死的时候，现场可能有别的人在，这怎么就没意义了？你以为咲子的母亲会觉得毫无意义吗？"

千鹤瞪了鲇美一眼,又把目光投向雄一。

雄一皱起眉头,脑中一片混乱。他在思考这其中的意义。

咲子和某人一起去了悬崖。那里还有别的人——这究竟意味着什么呢?

雄一望着手中的照片。阿尔法·罗密欧车的座席仿佛被笼罩在黑暗之中。

# 14

雄一递还照片,千鹤在地上将七张照片铺开,每拣起一张,就目不转睛地查看一番。不知是出于何种打算,她时不时地变换照片的位置,眯起眼睛远远观望,下一个瞬间又好似发现了什么,突然凑近照片细细打量。她的呼吸声连雄一也听得清清楚楚。千鹤看上去就像一个研究出土文物的考古学家。

雄一、鲇美和正志全都默默地看着她,谁也没有开口。雄一内心升起了莫名的困惑。

驾驶座的位置……

这能说明什么?

不过就是位置有少许偏移罢了。大家只是精神崩溃了。目前的异常状况把所有人的神经都整垮了。雄一决定就这么想。

想听到声音……雄一环视掩体的内部。他想到了乐团的伙伴,他们可能正在生气。

——没去练习,他们肯定以为我在偷懒吧。伙伴们可能给我家打过电话。

雄一简直能听到他们的骂声:演出怎么办?混蛋!

谁能想到他被关在掩体里呢。想听到声音。

雄一用手指叩击地面,"咚咚"的声响带着一丝滞闷感,从指尖传入地面。

"One, two, three. One, two, three..."

敲打出旋律,渐渐加快节拍。脑中的吉他开始拨动音弦。

很好……

同时加入贝斯,嘴里哼出吉他 riff 曲。"嘀,嘀哩,嘀嘀,嘀,嘀。嗒当。嘀啰啰,嘀啰啰,嘀哩咚……"

雄一哼了一段没再哼下去。

总觉得心里越发空虚了。

"什么嘛,就这么结束了?"在屋子另一侧的鲇美说。

雄一仰起脸,摇头说:"太无聊了。"

"是因为太短啦。继续下去不好吗?"

雄一耸了耸肩。

"看我的。"鲇美用自己的膝盖打出节拍。雄一笑了,开始叩击地面配合她。

"别拍了!"

千鹤抛下手里的照片,叫了起来。雄一和鲇美停下手,望向千鹤。

"这算什么?独奏会的排练吗?"

雄一笑着摇头。

"这倒也不错。是不是可以叫成'掩体中的独奏会'呢?"

"真是不敢相信。"千鹤瞪视雄一,"你们的神经是不是有问题啊?"

"说得好。"雄一点点头,"可能就像你说的那样。"

"……"

千鹤不再说话,室内恢复了沉默。正志站起身,出门朝卫生间走去。鲇美来到吊床边,攀上铁梯,握住梯盖的手柄摇了几下。雄一下意识地看着鲇美的腰部曲线。

正志一边扣裤子上的皮带,一边往回走。

"……"

雄一的目光落在了那根皮带上。

"正志。"雄一边说边站起身。

"你把皮带解下来。"

"啊?"正志睁大了眼睛。

"我现在才发现你系着皮带。你把这个解下来。我身上没皮带。"

"为……为什么?"

雄一的手搭上了正志的皮带。

"等……等一下。你要干吗?"

"我想要一件工具。就算把这个解了,你的裤子也不会掉下来的。"

"工具?"

雄一拨开带扣,抽出皮带。正志慌忙摁住裤腰。

雄一径直向铁梯走去。

"鲇美,你先下来。"

雄一与鲇美换位，拿着皮带爬上了梯子。其余三人都聚集在下方观望。

雄一观察了一番梯盖。银色的四方形梯盖牢牢地嵌在天花板中，离身体较近的一侧附有手柄，怎么踹都纹丝不动。较远一侧的边缘被两个铰链固定住了，那是一种坚固的大型铰链。从安装方式来看，这个梯盖应该是向下开启的。

雄一用手指划过铰链。

只要拆掉链轴，这个梯盖不就能卸下来了吗……

他调整了一下皮带的握法，把带扣框的一头硬塞进链轴的缝隙。缝隙很窄，一不小心带扣就会被顶弯。雄一一边前后摆动带扣，一边缓缓地撬起链轴。链轴微微动了一下。

从他身下传来了吞咽口水的声音。

带扣框嵌入缝隙后，雄一换了个角度捏住带扣，慢慢扳转。只见轴柱正一点一点地往外凸起。

"拜托了……"鲇美嘀咕似的说。这也是所有人的想法。

虽然缓慢，但轴柱确实一点点地在往外脱落。带扣几乎已转过九十度角。然而，轴柱未能完全脱落，尚有一厘米左右留在轴管内。

雄一也不去管它，转而对付另一个铰链。

他如法炮制，把带扣框塞进去，然后扳转。所有人的目光都投向了梯盖的铰链。

没多久，两个铰链的轴柱都只差一厘米左右就能拔下来了。

"正志，你到吊床上去，从对面帮我按住梯盖。"

"明白了。"

正志从雄一腋下穿过，爬上吊床，用双手摁住梯盖，防止轴柱脱落的一瞬间整个梯盖都掉下去。

雄一换另一只手握住带扣，这次是把它当凿子用。他拿框的边缘从下方猛戳凸在外面的轴柱的一头。轴柱又开始一点一点地移动了。

正志时不时地吐出憋在胸腔内的空气。

轴柱真真切切地在往外挪动，最后一刻，它终于脱离铰链，落向了地面。

"成了！"正志激动地说。

"还有一个。"

正志在支撑梯盖的双手上又加了一份力。雄一则开始对付另一个铰链，并也用一只手按住了整个梯盖。轴柱正一点点地脱离轴管。

"很危险，下面的人都让开。"

雄一提醒鲇美和千鹤，两人往后退了几步。

"我要来了。"

雄一最后喝了一声。正志力灌双臂。

用带扣猛击一下后，轴柱便向地面掉落。雄一迅速丢下皮带，按住梯盖。

"……"

雄一和正志摁着梯盖，面面相觑。

梯盖没有发生任何变化。双手完全感觉不到应有的重压……

"怎么了？"千鹤在下面问。

正志不理千鹤的问话，抓住手柄。雄一仍然按着梯盖。

"混蛋！"

正志满脸通红，不停地拉扯手柄。

然而……梯盖纹丝不动。明明铰链已被卸掉……无论是什么样的锁，只要卸下铰链，门就会松动。然而，这梯盖却毫无变化。

这是怎么回事？

雄一茫然地看着银色的梯盖，从梯子上爬下来。正志把脸贴向了吊床表面。

正志的皮带和刚拆下的两根轴柱滚落在梯底。雄一把轴柱放在手心里，两根轴柱互相碰撞，叮当作响。

雄一仰头看着梯子的上方。

# 15

"那个悬崖……"千鹤喃喃自语似的说。

四人下意识地聚拢在屋子一角，背靠洗碗池对面的墙壁，并排坐在一起。

卸下轴柱后，又过了很长一段时间。雄一和千鹤各吃了一盒营养食品，鲇美只喝了点水，正志两样都没碰。

"那个悬崖，"千鹤反复念叨，"如果咲子是和别的人一起去悬崖的，如果是那个人在驾驶阿尔法·罗密欧车，总觉得整件事情就不一样了。"

"怎么个不一样法？"雄一精神恍惚地望着洗碗池，追问道。

"我在想，莫非是某个人的意志导致了咲子的死？"

"千鹤,打住!"鲇美说,"我不想思考这个事,不想再回忆当时的情况了。"

"可能她就是想让我们这样。"正志说。

"让我们这样?"

"我是说咲子小姐的母亲。她把我们关在这里,给我们看照片,用红漆写那种话……就算不愿意,我们的思绪也会转到咲子小姐的事上来。"

"可是,这又有什么意义呢?难道承认咲子是我们杀的,求她原谅,她就会放我们出去了?承认还是不承认都无所谓,反正她已经认定是这么一回事了。"

"……"

"我想了一下。关于鲇美刚才的话,我想咲子的妈妈应该正在哪里看着我们吧。"也不知雄一是在对谁说话。

"看着我们?"正志反问道。三人一齐向雄一看去。

"不,可能只是我胡思乱想。但我就是觉得她正看着我们,或者说正在听我们说话。"

"可是……"正志环顾四周,"她是从哪里,又是怎么听我们说话的?"

雄一缩了缩脖子。

"所以我才说这可能是我的胡思乱想啊。她可以在某个地方装上麦克风或别的东西。比如——"雄一指指天花板,"在那根管道里。反正我就是觉得她一直在监视我们。"

"她为什么要这么做……"千鹤的语声中透出一丝恐惧。

"刚才我不是说了吗,警察说咲子是事故死亡,但三田雅代坚信是我们杀的。没准她一直都是这么认为的,但没有得到认可。

她大概是觉得这事不能交给警察来解决了。她是这么想的吧，只要把我们关在这里，制造现在这样的环境，让我们只能想咲子的事，我们就会承认是我们杀了咲子。我总觉得，她正在什么地方观察我们，要么就是在听我们说话，好知道我们有没有承认。"

鲇美突然起身，朝天花板大声叫道："伯母！你在听吗？请放我们出去。求你了。我保证出来后就跟你谈。我们不会报警，不会揭发你对我们做过的事。真的。请放我们出去！你这么做又能得到什么呢？能不能给我们一个谈话的机会呢？你为什么一定要这么做呢？伯母！"

语至末尾，几乎化为了吼叫。鲇美凝视着天花板，片刻后，与起身时一样，她冷不防地又坐了下来。

"好像没有回音啊。"

千鹤起身走到屋子中央，仰起脸来。

"放我们出去！放我们出去！这也太过分了吧，我们到底做错了什么？伯母，伯母！你倒是说句话啊。我们都是咲子的朋友，都很喜欢咲子啊！你要明白这一点啊！放我们出去！放我们出去……"

千鹤坐倒在地上，把脸埋入双掌。

"我问你们，"鲇美望着前方的墙壁说，"你们中的哪个人杀了咲子？"

雄一看着鲇美，鲇美也看着雄一。她的脸颊似乎有些僵硬。

"雄一先生，是你杀了咲子吗？"

"不，我没杀她。"

一刹那，鲇美闭上了眼睛，嘴角浮现出微笑似的表情。随后她又转向正志。

"正志君,你呢?"

"我没杀她,我怎么可能杀她?"

"千鹤呢?"

"我不知道你想干吗,"千鹤仍用手捂着脸,"反正我没杀她。咲子侮辱我的时候,我手上要是有刀的话,倒有可能把她杀掉。"

"我也没杀她。我们谁也没杀咲子……"

"不过,"千鹤仰起脸说,"也许是有人杀了她。"

"千鹤……"

"也不能排除有人撒谎的可能吧?"

"别说了,千鹤!"

"不可能每个杀人犯都会去自首。悬崖上除了咲子,还有别的人在,也许就是你们三个人当中的一个。"

"三个人?"雄一盯视着千鹤,"只有你被排除在外了?"

"当然。对我来说,这就是唯一的真相。咲子的母亲搞错了。我没杀人,是你们三个当中的一个杀的,不是我!"

"能问你一个问题吗?"雄一上下打量千鹤。

"……"

"如果每个人都抱着唯一的真相,说'我没杀人',又当如何?"

"这不可能!"

"不,有可能。在悬崖上的人不是我们中的任何一个,而是别的人。"

"……"千鹤也盯视起雄一来,"别的人?"

"驾驶座的位置发生了偏移,但这并不能拿来指认坐在那里的人是谁。我们只能说,这个人很可能是咲子以外的人。光靠一个座位就说那不是事故,我总觉得结论下得太早了。就算不是事故,确实有别的人坐在阿尔法·罗密欧车的驾驶席上,也不好说这个人就是我们四个中的一个。"

"不可能是别的人。"

"为什么?"

"咲子会让不认识的人上车?座位向后偏移,说明这是一个男人。咲子可是在深夜出去的,深夜让陌生男人上车,还要请他开车,简直难以置信。"

"我说……"正志插了一句,"让这个人坐驾驶席可能不是咲子小姐的意思。"

千鹤看了正志一眼。

"你什么意思?"

"也可能是迫不得已的。"

"迫不得已……"

"嗯。我们在崖上看到阿尔法·罗密欧车的时候,咲子小姐没在车里。她可能和谁一起去了别的地方。当时不是还有很多跟我们一样暑假来玩的人吗,我想这些人可能会用强。"

"等一下,正志君。你听好了,咲子是开车去的。一个女人单独在路上走,然后被暴徒袭击,这我还能理解,但暴徒怎么去袭击一个开车的女人?这不可能啊。"

"这个嘛,比如说装成问路的样子……"

"少说蠢话。难道你不知道咲子的性格吗?就算有人问路,她也不会搭理。她可没那么傻,而且还是在开夜车的时候。当时咲子正在气头上,就算有人在路边招手,她也不可能停车。"

"……"

千鹤的话很有道理。

雄一也不认为咲子会轻易让陌生男人上车，她也不会给陌生男人制造这样的机会。

　　不过，正志刚才的话令雄一想到了另一个疑点。

　　咲子为什么要去那个悬崖，而且没带手电筒就下车了？

　　千鹤起身走到洗碗池前，喝了杯水。她把杯子放回池中，转身面对其他三人。

　　"我不知道崖上发生了什么，但总之最后咲子连人带车一起掉下去了。开车的人不是咲子。我没有驾照，而你们都有。"

　　雄一摇头说："有驾照的可不止我们三个，而且和咲子一起去悬崖的人未必就会开车。"

　　"可是……"

　　"先听我说！也可能是有人在座位上做了手脚，好让我们以为坐在上面的是一个会开车的人。"雄一看着千鹤，"然后这个做手脚的拿座位偏移说事，坚称那是一个会开车的人。这种可能也是有的吧？当然，我只是举个例子罢了。"

　　千鹤睁大了眼睛。

　　"我才不会做这种事呢！"

　　"我当然知道了。"雄一点头说，"我只是想说，光靠座位偏移这一点，是无法确定那个人是谁的。"

　　"不要岔开话题！"

　　"我没有。"

　　千鹤瞪了雄一一眼："如果咲子是被杀害的，那么有动机的人就是雄一先生你和鲇美！"

　　一旁的鲇美叹了口气。

　　"我就知道你会这么说。"

"看来你很有自知之明啊。"

"当然有。咲子暴怒的原因,不用你说我也知道。但是请你用常识想一下,谁会因为那种事杀掉咲子?人因为喜欢一个人或讨厌一个人就要杀人的话,那存活在这个世上的就只能是没有感情的人了。"

"不要搅浑水!很多人被杀就是因为喜欢,因为讨厌,因为挡了别人的道,因为这一类的动机。很久以前就是这样!"

"我说的是那些人吗?我指的是我们四个。比如说,千鹤,你觉得我会杀咲子吗?"

千鹤左右打量鲇美和雄一。

"不知道……但是你有动机,这个没错吧?"

"动机的话,千鹤也有啊。"

"我?"

"没错。刚才你自己不也说了吗:'我手上要是有刀的话,倒有可能会把她杀掉。'"

"……"

"那天晚上和咲子厮打的人不是我和雄一先生,而是你。"

千鹤激烈地摇头。

"我没有杀咲子!"

鲇美点头说:"我和雄一先生也没有杀她。所以,你不觉得这毫无意义吗?我们别再纠缠这种事了。"

千鹤再次来回打量鲇美和雄一,随后她径直向雄一走去。

"雄一先生,有件事我一直想问你。"

"什么事?"

千鹤两手叉腰,歪着头盯视雄一的脸。

"雄一先生那晚到街市干什么去了？"

"什么干什么去了？"

"那天你跑出别墅去了。"

"啊，原来是这个呀。"

"你跑了没多久，咲子就开着阿尔法·罗密欧车出去了。后来你打电话过来，说你在 Daisy 店里。"

"这个怎么了？"

"咲子是追你去了吧？"

"不知道，我觉得应该不是。"

"骗人！"

"……"雄一盯视着千鹤。

"咲子是追你去了。后来我们坐正志君的车去街市找咲子和雄一先生，Daisy 店的服务生提到了你的事，说你和一个女人吵过架。当时你和咲子在一起！"

"不是的，那个人不是咲子。"

"骗人！那你说是谁？"

"我不认识，她是那里的顾客。我离开别墅后，就没见过咲子。"

千鹤默默地凝视着雄一。雄一只是摇头。

# 16

一切都令人恼火。

咲子说过的所有的话都让人生气,千鹤向咲子告发时的恶语俗言也让人生气。但雄一最气的是自己——一直被咲子这样的女人呼来喝去的自己。

甩开咲子、冲出客厅的雄一,一路奔出了别墅。

"雄一先生!"

鲇美好像在院子的另一头喊他,但他头也没回就跑上了马路。雄一不想以现在的心态来面对鲇美。

他走下坡道,朝街市行去。并非有意如此,而是脚下的劲势偶然把他带向了那个地方。

开车只需片刻工夫的距离,走路却要花三十分钟以上。沿海的国道连绵不绝。向山那一侧望去,只见处处都建着大型旅馆和疗养院。不久雄一就来到了乱糟糟的温泉街。

正值黄昏时刻,穿着浴衣逛土特产店的客人随处可见。雄一向车站北侧走去。街市虽小,南北街景的氛围却有所不同。南边老旧,来来往往的温泉客年纪也比较大;北边则是最近才扩建的区域。

雄一在街上溜达一圈后,去游戏房打了会儿无聊的电视游戏。兑换来的一百日元硬币用完后,他离开了这家店。

有点口渴。

从站前广场走过一条街,雄一举步进了一家快餐店。店名叫"Daisy",前一天他们一起在这里吃过意大利实心面。

雄一来到柜台前，点了啤酒。侍者把酒倒入一个高脚香槟杯似的杯子里，递给他。

　　"这是什么？"

　　侍者回答说是"Mein Bräu ❶"。其实雄一问的是杯子，但再问一遍也麻烦，便喝了一口酒。感觉不怎么可口。

　　——我原谅你了。

　　咲子如是说。是的，从来就是这样。咲子总是原谅的一方，而雄一总是被原谅的一方。这种反复无常的原谅，他已经厌倦了。

　　对通过咲子结识鲇美，雄一抱着某种类似后悔的感觉。他很想在咲子、正志、千鹤都不在的地方邂逅鲇美。三天来，雄一和鲇美一边认为没必要怀有罪恶感，一边不断幽会，制造两人独处的时间。这都是因为咲子的存在。这些行为甚至令鲇美也感受到了雄一那负疚般的情绪。

　　——我原谅你了。

　　雄一凝视着杯中的啤酒，在心里吼道：开什么玩笑！

　　他在想，至今为止自己对咲子说过几次"我爱你"？说过多少次，就意味着他犯过多少次错。每说一次，咲子就会露出昂然自得的笑容，赐予原谅。

　　"我不是说了吗，十分钟就行！"

　　一个焦躁的女声冷不防传入了雄一耳中。一抬眼，只见柜台对面有个浓妆艳抹的女人正对着粉红色的话筒说话。她一边忙着抽烟，一边用手指揉搓太阳穴。

---

　　❶ 日本麒麟麦酒株式会社于1976年发售的一种啤酒，酿造时间比普通的麒麟啤酒更长，酒花香更为浓郁。

"这样显得我很蠢啊！我到底干吗来这里啊？都四个小时了！我已经在这里等了四个小时！"

雄一收回视线，看着自己的杯子。杯里空了，他举杯示意侍者再来一杯。

应该把鲇美叫出来的。

他抛下鲇美一个人走了。明知道让她和咲子在一起，只会令她心情恶劣。那个咲子只因千鹤没把男友带来，就那样拿她撒气，鲇美抢走了咲子自以为属于自己的男人，真不知道咲子会怎么对付她。

看了看手表，跑出别墅后已经过了将近两个小时。

打个电话把鲇美叫出来吧。然后我们直接回东京，没必要再和咲子见面了。

雄一抬眼看了看粉色电话。那女人还在说。

"不想让我去你那儿的话，你就过来！不行，我可没带回家的电车费。"

雄一张望店内，好像只有那台电话可用。他打算等女人通完话再说。

"哦，是吗？行行，算我给你添麻烦了。"

女人粗暴地放下听筒，但手一直按在上面没拿开。

雄一跳下椅子。

"我可以用吗？"

"嗯？"女人闻言，看了雄一一眼，"啊，电话吗？不好意思，你用吧。"

女人让开位置，雄一拿起了听筒，听筒上还残留着女人手掌的余温。雄一拨打了别墅的电话号码。

"你好。"是千鹤的声音。

"能让鲇美来听电话吗?"雄一说。

"啊,是雄一先生吗?你在哪里啊?咲子也和你在一起吗?"

"没在一起。"

"咲子应该在你那边吧?你那边是什么地方?"

"她不在。别管我在哪里,你让鲇美来听电话。"

"咲子也走了,她是追你去了。你应该没用车吧?"

"车?"

"就是咲子的阿尔法·罗密欧啦。她是开车出去的。"

千鹤的话令雄一十分烦躁。

"反正我什么也不知道,管她去哪了。你把鲇美叫来,我有话要跟她讲。"

"我说雄一先生,那个……我觉得现在还是别这样的好。咲子的情绪又很不稳定……"

"这种事与我无关。"

"你在生我的气?"

"生你的气?"

"对不起……是我不好,我说溜嘴了。我没打算揭穿你和鲇美的事,真的。被咲子那么一通说,我忍不住就……"

"别骗人了。"

"没骗人,是真的。"

"你一定觉得很好玩吧。"

"没那回事。对不起,我……"

"把鲇美叫来,她应该在你那边吧。"

"她在阳台上。"

"把她叫来。"

"我觉得现在你最好不要烦她,她好像也挺痛苦的。"

"我说了把她叫来!"

"雄一先生……"

"正志在不在你那边?"

"不在。他也出去了。大家都被搞得一团糟。"

"都是我的错?"

"我可没这么说,这个……"千鹤的语声中夹杂着哭腔。

"把鲇美叫来!"

对面的听筒被放下,感觉千鹤正在朝阳台走去。不久,雄一听到了鲇美略带颤抖的声音。

"雄一先生……"

"鲇美,你不要紧吧?"

"嗯,不要紧。你不用担心。"

"你马上离开那里。"

"啊?"

"和我一起回去。"

"现在……你……在哪里?"

"我在 Daisy 店里。"

"Daisy……"

"鲇美,我们回东京吧。"

鲇美一时间没有作声。

"雄一先生,没关系的。你不用担心。"

"我不该把你留在那里。你快离开别墅,到我这里来。我想和你说话。"

"我明白。但是现在不行。"

"不行？为什么？我可不想再待在那个地方了。"

"嗯。不过没关系，你听我说，真的不会有问题的。"

"鲇美……"

"现在不行。你再等等。"

"我不会再回别墅了。"

"……"

"你把行李理好，然后出来，跟我一起回去。"

"雄一先生，求你了。"

"为什么？是因为正志吗？"

"不是的。只是咲子那边的事，我要好好处理一下。"

"好好处理？没可能好好处理的。已经结束了，全都结束了。"

"没问题的。会顺利的，一切都会处理好的。"

"你不明白。"

"我很明白。但是，现在还是先看看情况再说。"

"没那个必要。"

"雄一先生……"

"千鹤是不是在你旁边？"

"是的。"

"是不是我来接你比较好？"

"过后你再打电话。"

"什么？"

"过后你再给我打电话。"

电话突然被挂断了。

雄一凝视着不再出声的听筒，缓缓将其放回原处，回了自己的座位。刚才打电话的那个女人就坐在邻座。

——咲子那边的事，我要好好处理一下。

事到如今还怎么处理？沟通一番，说一句"哦，是这样啊"，然后抽身退出——咲子可不是这样的人。当然，对鲇美来说，咲子是她高中时代以来的朋友。不想失去友人的心情也不是不能理解，但咲子和别人不一样，她不是那种人。

雄一饮尽剩余的啤酒，思考该不该回别墅。鲇美打算独力挽回事态，倒显得自己像胆小鬼了。

但是，他无意再和咲子见面。一旦见面，又会重复同样的故事。

"被甩了？"邻座的女人说。

一时之间雄一没意识到这话是对自己说的，只是呆呆地看着她。

"我也被人甩了。你是学生？"

"……"

女人递来一盒烟，雄一摇了摇头。

"你应该是学生吧？难道不是？前不久我也是学生。不过，五年前不好说成'前不久'吧。"

女人"哈哈哈"地低声笑起来。

雄一望着女人，难以想象五年前她还是学生。这女人给人污浊的感觉，浓妆进一步强化了这种污浊感。丰满的胸脯将不合身的粉色上衣撑得高高的，乳头的形状清晰可见。总觉得多少能理解电话那头的男人为什么会抛弃她。

"我请客，陪我喝一杯吧。"女人说。

雄一摇头，表示不用，但女人还是给雄一的杯子斟满了酒。

# 17

"这事想想就能明白。"千鹤在雄一面前坐下,"按常理推断,咲子应该是追你去了。"

雄一叹了口气。

"也许是吧,但后来我没见过咲子。咲子没在 Daisy 出现过,服务生提到的那个女人也不是咲子。"

"你去勾搭女客了?"

"我可没有,是她找我搭话。"

"你很受欢迎嘛。"千鹤夸张地歪了歪嘴,"这种事我是不相信的。你肯定见到咲子了,然后两个人吵起来了。"

"不是的!"

"我说,"千鹤注视着雄一的脸,"这附近可没那么辽阔,能让你开车到处逛。要么去海边,要么去街市,只可能是这两种。这地方不需要你花好几个小时去找人。"

"街市上有各种各样的店。"

"但结果你还是去了 Daisy 对吧?你会去的店有限得很,怎么想雄一先生都不可能去那种小饭馆。"

"很抱歉让你的期待落空了,咲子没来过 Daisy。"

"千鹤,"鲇美在一旁开口道,"难道你认为是雄一先生杀了咲子?"

"我可没发散得那么远。但是,假如咲子确实把一个男人载上了阿尔法·罗密欧车,那第一个能想到的就是雄一先生。如果是雄一先生的话,咲子也会放心地把车交给他驾驶。"

"就因为座位有偏移？这也太牵强了。你只是想把咲子的事故往其他可能上硬掰吧！"

千鹤一边盯视雄一，一边缓缓摇头："不是的。还有一个。"

"还有一个？"

"我还想问雄一先生一个问题。"

"什么？"

"我们三个一起去街市找你，当时你在车站前，在喷水池那里，赤裸着上半身，对不对？"

"你想说什么……"

"鲇美和正志君也都看到了。当时深更半夜的，你在用喷水池里的水洗T恤，洗T恤上的血！"

"喂！你等一下。"

雄一举起手，但没等他发言，鲇美便瞪了千鹤一眼："千鹤，你不要太过分了！那个不是红辣椒酱吗，什么血不血的，说什么蠢话呢。"

"蠢话？"千鹤回瞪鲇美，"红辣椒酱什么的，是雄一先生自己说的。那个真是红辣椒酱吗？你核实过？"

"核实？你这话太奇怪了。我为什么要去核实？你除了怀疑别人还会什么？"

雄一插话道："那个确实是红辣椒酱，不是血。"

"我说……"许久没吭声的正志说，"公平思考的话，我认为在这里我们不可能得出结论，确定那个到底是红辣椒酱还是血。"

鲇美回头看着正志："你说什么呢？连你也这么说！"

"可是，千鹤小姐说得没错啊。因为事实上并没有人确认过毛利君想洗掉的东西是什么。当时那个情况，毛利君说是红辣椒酱，我们心想'原来如此'也是很自然的反应。"

"二对二了。"千鹤说。

鲇美看了看正志,又看了看千鹤。

"什么二对二!你不觉得这个事很荒唐吗?无聊透顶!"

"我不觉得无聊。咲子追雄一先生追出了别墅。雄一先生在Daisy和女人发生口角。阿尔法·罗密欧车的座位有偏移。雄一先生想洗掉T恤上的红色污迹。"

"不要再说了!"鲇美吼道。正志慌了神似的,直冲鲇美摇头。

"别啊,鲇美,我也没说那个就是血……"

"正志君,你也给我闭嘴!你们这样不就遂了咲子妈妈的愿了吗?千鹤,难道你真心认为我们当中有人杀了咲子?你还真是可怜啊。"

千鹤的脸颊抽搐似的僵硬起来。

"你总是说这种话。"

"这种话?"

"可怜?我吗?鲇美总是这样,只会把我看成可怜的人、没用的人、无聊的人。"

"千鹤……你又要开始了吗?"

鲇美叹了口气。千鹤只是摇头。

"我既不可怜,也不无聊。你好好看看吧,真正可怜的人……"千鹤回头望向正志,"是他啊!他的未婚妻正在拼命庇护雄一先生呢。"

"看来你还是没明白。我谁也没包庇,我的意思是,我们谈论这些就正中咲子妈妈的下怀了。"

雄一摁住鲇美的肩头。鲇美朝他摇头。

"我不认为这件事需要证明，"雄一看着千鹤，"也不知道怎么证明。很遗憾，那件T恤现在没穿在我身上。上面的污迹还在。打那以后，我就没穿过那件T恤。必要的话，我还可以把它交给警方检查。不过，现在我们被关在这里，连这个事也做不成了。不好意思，那个真的是红辣椒酱。你信还是不信我都无所谓，反正咲子没来过那家店，后来我也没见过咲子，当然也没上过她的车。"

千鹤闭上眼睛，摇了摇头。

"要不要去我认识的另一家店？"女人紧挨着雄一坐在柜台前，"这家店我已经待烦了，跟我去别的地方吧？"

"不，我就算了。"雄一凝视着杯子说。

"别这么冷淡嘛。你的侧脸挺帅的。我喜欢你这样的侧脸。喂，不看我一眼吗？"

雄一看了看女人。

"拜托了，请不要来烦我。"

"你的心情我懂，因为我现在也是一样的心情啦。'请不要来烦我'，这句台词不错啊。这话和你挺般配的。"

女人醉了，把手放在雄一的膝上，这手伴随着"噗噗噗"的笑声还不断向上移动。雄一扯下女人的手。

"别这样！"

"什么嘛……"

女人瞪视着雄一，两眼眯成了一条缝，细细打量雄一的脸。片刻后，只听扑哧一声，她又恢复了笑脸。

"别逞强了。你电话里说的我都听到了。你女朋友不会来了，等多久都不会来了。我也一样,那个人也不会来了。有的时候嘛,人也需要安慰。我会来安慰你的。"

女人的手又爬上了雄一的膝头,从裙底伸出的腿钩住雄一的腿,轻轻磨蹭。雄一甩掉女人的手,隔开她的腿。

"我都说了别这样了!"雄一压住声音,瞪了女人一眼。

女人挺直了腰杆。

"你别欺负人啊!"女人突然叫了起来。店内所有人的视线都扫向了他们俩。

"你把我当什么人了?被女人甩了就拿我撒气,没门!"

"吵死了,快点走开。"

"你说什么?"

女人冷不防抄起柜台上装有红辣椒酱的小瓶子,朝雄一砸去。

"你有什么了不起的!开什么玩笑!"

女人抓起账单,径直出了店门。

雄一捡起滚在地上的小瓶子。由于瓶口开着,他胸前的 T 恤沾满了橙色的红辣椒酱,虽然拿纸巾擦了几下,还是留下了污迹。

他又朝别墅打了个电话,但这次没人接。三十分钟后再打,还是没人接。

雄一离开 Daisy,在街上走了一会儿。夜已经深了,各家店铺纷纷拉下了卷闸门。

他回到车站前,一边眺望检票口,一边想自己该怎么办。他想联系鲇美,只要联系上她,就叫她和自己一起坐电车回东京。

她到底去哪儿了……

雄一瞅了瞅站前的电话亭。这时他发现进站的人在盯着他的胸口看。红辣椒酱的污迹还在。

站前广场的中央有座喷水池,现在已不再喷水。雄一脱下T恤,用池水搓洗上面的污迹,但怎么也洗不掉。

有车在他身后停下,随后传来了开车门的声音。雄一不由得回头一看。

"雄一先生!"

下车的是鲇美,正志和千鹤也陆续从车窗里露出脸来。鲇美奔向雄一,一把抱住了他。

"鲇美……"

雄一把鲇美搂到身前。鲇美抬起头,注视着雄一的眼睛。

"咲子出去后一直没回来。"

"……"

千鹤从车里伸出头问:"你们没在一起?"

雄一摇了摇头。

# 18

雄一决定最大限度地利用正志的皮带。他把皮带缠上手柄后,用力猛拉。

梯盖的铰链已失去中轴。应该是有什么东西在上面把梯盖固定住了。那边的密封门靠的是一根铁丝。不过,总觉得那门从一开始就是引人去破坏的。如果没打破它,也就看不到卫生间里的照片了。

"我觉得可能是这样的。"关于门的"封印",正志以解说的口吻说道,"那是为了让咲子的母亲能安全地离开掩体。梯盖有两处,从现在的情况看,她母亲脱身时选择的是门那边的梯盖。上到地面后,她需要用某种方法让梯盖无法开闭,我想她是为了防备我们在她做这件事的时候醒过来。只拿铁丝缠住门闩的话,几乎不费工夫,而梯盖则必须完全封死,所以相应地也比较耗时。我想那根铁丝是为了确保她有操作的时间。"

"如果是这样的话,"鲇美说,"门那边的梯盖不就比较好破坏了吗?因为那个刚被动过手脚,对不对?"

正志摇摇头。

"不,很遗憾,那个梯盖得靠滑动来开闭。吊床那边的是向下垂直打开的构造,门那边的则是滑动式的,你看一下就知道了,被死死地嵌在墙壁上,很难撬开。相比之下,可以说还是吊床那边打开的可能性更大吧。"

可能性大不大不好说,总之在梯盖上做的手脚肯定不是一根铁丝那么简单的。扯皮带的过程中,手柄都被拉弯了,然而梯盖本身丝毫不见松动的迹象。

雄一和正志你来我往,不断地拉扯皮带。雄一拉完一百下,就换正志拉一百下。如此这般循环往复。后来鲇美和千鹤也加入了战团。

"我觉得好像有点松动了……"正志在梯子底下一边拉一边说。

"我去看看。"雄一爬上梯子,用手抵住梯盖表面,往上推了推,"啊,是有这样的感觉……"

梯盖和天花板之间产生了空隙，虽然只有那么一丁点。

"很好，继续努力！"

两人交接过后，正志从洗碗池下取出一盒营养食品。

"有谁想吃吗？"

千鹤吃吃地笑了。

"这人一下子精神起来了嘛。"

正志一脸正经地点点头。

"就算是这种东西，吃了也可以长力气的。"

"我吃一半就行……鲇美，我们一人一半吧？"

"好啊。"

"光吃这种营养食品，反而会发胖吧。"千鹤用双手圈住自己的腰。

"也就现在你还能这么说说，"雄一边拉皮带边说，"在我们还有营养食品可吃的时候……"

"……"

千鹤和正志对视了一眼，正志突然坐倒在地上，开始数纸箱里的食品盒。

"横两排，竖四列，堆了八层……一箱有六十四盒。"

"总共有一百二十八盒。"千鹤加了一句。

"目前为止……"正志把散落在地上的空盒归拢在一起，"一共吃了十盒。这算是一天的量？"

"我也不知道到底过了多久。反正我们只睡过一次觉。"

"一天十盒，不，假设一人一顿吃一盒，那四个人一天就是十二盒……"正志说着，翻起了眼珠。

"够十天的量。"千鹤注视着自己手里的食品盒。

"总之，"雄一说话时手上也没歇着，"在接下来的九天里，我们无论如何也要逃出去。反过来说，至少在这十天里，她妈妈是不打算给我们开门的吧。"

"不要啊！"千鹤狠狠地把食品盒摔向墙壁，"我才不要这样呢！为什么连我也要遭这个罪啊！明明我什么都没做！"

千鹤大喊大叫，再次转向雄一。

"明明只关你一个人就行了！"

"千鹤！"鲇美开口了，"你怎么还在说这种话？不要太过分了！"

"是雄一先生杀了咲子！都是因为他！"

鲇美冷不防抬手扇了千鹤一记耳光。

"闭嘴！"

"你干什么！"

"没完没了地重复同样的事情，我已经受够了！"

千鹤对鲇美怒目而视。

"对啊，说起来鲇美还是同谋犯呢。"

"千鹤……"

"不是吗？雄一先生之所以杀掉咲子，不就是因为咲子妨碍了你和他谈恋爱吗。正志君，"千鹤回头对身后的正志说，"你怎么不说话？鲇美不是你的未婚妻吗？你就这么算了？"

"不……我，我……"正志咽了口唾沫，朝鲇美望去。

"我什么我？"

"我倒没什么……那个已经是过去的事了。"

"怎么就是过去的事了？"千鹤举起双手，"要是过去了，我们就不会被关在这里了！"

雄一抛下皮带，向千鹤走去。

"我说，你就这么想让我当杀人犯吗？"

"这不是事实吗？"

"那好，你说说看，我是怎么杀掉咲子的？"

"刚才我不就说过了吗？咲子去追你，你在 Daisy……"

"你是想说和女人吵架了是吧。座位有偏移，我洗了 T 恤。这些我都听过了。那然后呢？我是怎么杀掉咲子的？"

"那还用说……"千鹤瞪视着雄一，"你和咲子吵架，然后把她掐死了。"

"掐死？咲子可是坠崖而死的。"

"那就是你把她带到崖上，连人带车一起推下去了。"

"掉下去之前，你不是看到过那辆阿尔法·罗密欧车吗？"

"我是看到了……"

"那个时候怎么说？当时我和咲子在哪儿？"

"你们待在某个地方……一直在等我们离开啊。"

"你的意思是这段时间咲子在等着被我杀？"

"她被你制住了，所以没法呼救！"

"也就是说，你们走了以后，我把咲子塞车里头去了？"

"没错！"

"把她塞进阿尔法·罗密欧，连人带车一起推下了悬崖？"

"没错！"

"那我为什么能比你们早到车站？"

"……"

千鹤一皱眉，看着雄一，似乎没能理解他话中的意思。

"对车来说那段距离不算什么，但是从别墅到街市步行得花三十分钟以上，从相反方向的悬崖出发的话，时间更长。你们是坐正志的车来的吧？是开车从悬崖出发来街市的吧？你在崖上看到了阿尔法·罗密欧车，然后赶往街市；而我则在你们走后，把咲子搬进车，推下悬崖，然后火速赶超你们的车，到站前洗了 T 恤，是这样吗？"

"你是坐车去街市的！"

"车？哪辆车？阿尔法·罗密欧车可是已经在崖下了。"

"那就是……对了，是摩托车！没错，正志君不是带了一辆摩托车吗？"

"千鹤，这个行不通。"鲇美从旁插话道，"摩托车一直在别墅里放着。正志君先是一个人骑摩托找咲子和雄一去了，对不对？他回来后，我们三个才一起出去找的。当时，摩托车在别墅里。我们和雄一先生一起回别墅的时候，摩托车还好好地在院子里停着呢。"

"等一下，"千鹤紧咬嘴唇，"情况不是这样的。来到街市后，我们没有马上去站前。我们以为雄一先生在 Daisy，就先去了那家店。经过站前的喷水池是更后面的事情。"

"但是，我们并没有耽误多少时间啊。就算雄一先生一路狂奔、从悬崖赶到街市，也需要四十到五十分钟吧？我们离开悬崖抵达站前最多只花了二十分钟。即使把在 Daisy 向店员打听情况的时间算进去，也没多少啊。"

"……"

千鹤左右打量鲇美和雄一。

"要不把时间移一下？"鲇美说，"我们在站前相遇之后，雄一先生是否能杀掉咲子呢？不能，这一点千鹤你也很清楚吧。

直到早上一起去悬崖，发现咲子的车坠崖为止，我们就没分开过。那天晚上谁也没睡，都在等咲子回来。千鹤，那是事故啊，不是吗？"

"可是，驾驶座……"

"那个毫无意义。是在坠崖时错开的。"

"可是，既然是车头冲下，就不该是往后偏移。"

"这也是有可能的。往前偏移的时候，用来固定的某个部件坏了，然后把车拖上来的时候，就往后偏移了——没准就是这么一回事，你说呢？当然，咲子停车后去了哪里，这一点还没搞清楚。但是咲子已经死了，事到如今我们也没法去问她了。也许事实就像你说的那样，那个不是事故，咲子是被人害死的，但也可能是我们以外的人干的。你不要再想雄一先生是凶手了，怎么可能是他呢？"

千鹤默不作声，径直走到墙边，蹲下身子。

雄一向鲇美露出笑容，但只笑到一半便戛然而止。鲇美瞥了他一眼，从眼神中雄一感受到了某种类似愤怒的情绪。

鲇美走到梯子底下，握紧了皮带。

# 19

要说完全不在意也是撒谎。

当时的雄一确实不关心咲子的情况，不想和她碰面，只是认真地在考虑要和鲇美一起回东京。不过，听鲇美等人说咲子跑出别墅过了几小时也没回来后，雄一有点不知所措。

咲子是个做事相当冲动的女人。她一旦无法抑制感情、有什么事不能如愿，便控制不住自己的行为。所以，最大的可能是她一个人先回了东京。听说咲子一直没回别墅，雄一的第一反应就是这个。

但是，车为什么会在悬崖上呢？

"咲子把阿尔法·罗密欧车丢在崖上，去了别的地方。"千鹤的语声中含着不安。千鹤确实很担心吧。因为晚饭后她与咲子的激烈争吵直接导致一切都偏离了正轨。

"我们回别墅吧，没准她已经回来了。"千鹤说。

雄一也心情复杂地坐进了正志的车。他还是不太愿意回别墅。但鲇美也想回别墅，雄一总不好一个人坐电车回去。

众人返回别墅时，咲子仍没有回来。他们坐在客厅里，度过了一段沉闷的时光，其间几乎无人说话。

"车会不会还在那里呢？"千鹤的眼神游移不定。

"已经不在那里了吧。"谁也没接她的话，千鹤自己得出了这个结论。

雄一发现正志正盯着自己看。在这次的事情里，正志也是受害者。从千鹤和咲子的争吵中，他第一次知道了雄一和鲇美的关系。

——我和她订婚了。

正志对雄一这么说过。鲇美只把它当笑话看，但正志好像是认真的。想必千鹤的话让他吃惊不小。从那以后，正志没再跟雄一说过一句话。

千鹤似乎已无法忍受沉默。她从沙发上站起来，走进厨房，窥探柜台下面。

"咦……谁把冰柜打开了一直没关？冰全都化成水了。"

"你们看。"她抬起冰柜给大家看。谁都没吭声。

"冰凿子去哪儿了？你们有谁知道吗？"

千鹤打开坏了的冰箱，刻意地发出一声叹息后又关上了。

"有人想喝温啤酒吗？"

见无人回答，千鹤两手各拿一罐啤酒回来了，把一罐摆在桌上，打开了另一罐。泡沫从罐中溢出，流到地上。她用桌上的纸巾擦拭溢出的啤酒，喝了一口后，望着眼前的三人。

"要不要打牌？"

没人回应。

"要不放张唱片？"千鹤紧咬嘴唇，"喂，求你们了！就没人说句话吗？"

"她回去了。"雄一说。

"嗯？"

"她先回东京了。我们在这里等了也是白等。"

"可是，这里的钥匙不是她拿着吗？她不可能不锁别墅就回去的。"

雄一缩了缩脖子。

"我很抱歉。"千鹤泫然欲泣地说，"我没打算说那些话的。鲇美和雄一先生的事，我是注意到了，但我没打算说出去。可是……咲子说得那么过分……你要知道，我……"

"我没往心里去，千鹤。"鲇美一边点烟一边摇头。

对话再次中断。

雄一看了看手表，已临近四点，天快要亮了。

"咲子说得没错。"千鹤喝了口啤酒,说,"我是没有男朋友。"

雄一呆呆地看着千鹤。

"我想在学校里约个人和我一起来,最后也没成功,就这么拖到了约定的日子。我本想回绝咲子,在前一天给她打了个电话,结果她没接。我不该来的。我还以为能玩得比较开心呢。我这么想也很正常吧,我当然知道咲子是什么性格,但鲇美也在啊,而且我也想看看鲇美的男朋友,我只知道他们是青梅竹马。"

说着,千鹤的目光扫向了正志。正志仍盯视着雄一。

"我真蠢,我就不该来这里。我就是这样的人,老是后悔,老是做一些让自己后悔的事。"

"千鹤,好啦,够了。"鲇美说。

雄一朝正志一扬下巴,说:"你是不是有话要对我讲?"

"……"正志只是默默地注视他。

"说啊。还是说你想打我一顿?那就打吧,我不会还手的。"

"我没打过人。"

"是吗,那我就放心了。我已经做好可能会被你揍一顿的心理准备了。"

"为什么你觉得会被打?"

"因为我想你也喜欢鲇美啊。现在知道你没那么喜欢她,我就放心了。"

"我很喜欢鲇美。"

"是这样吗?"

"但我不会像毛利君那样轻浮,仅此而已。"

"轻浮……原来如此。我看上去很轻浮?"

"很轻浮。"

"好吧,可能是很轻浮。但鲇美喜欢的却是轻浮的我。"
"不是。"
"不是?"
"嗯,这只是一时性的。鲇美喜欢的人是我。"

雄一忍不住微笑起来,看向鲇美。鲇美将身子埋入沙发,手抵着额头,一缕轻烟从垂落在沙发扶手边的另一只手上笔直地升起。

"你很有自信嘛。"
"是的。"
"明白了。"

鲇美的一言不发令雄一有点不满。他希望鲇美能说一句"我喜欢雄一先生",不过,在如此氛围下让她说这种话,也许是很过分。

黎明将近。

窗外的天色开始发青。咲子还是没有回来。

"你们说,我们要不要再去崖上看看?"千鹤说。

# 20

对梯盖的攻击仍在持续。

梯盖整体的松动程度在一点点变大,但手柄和皮带出问题了。

手柄的根部向外折得厉害，为了持续拉拽而绕上的皮带勉强能被钩住，但很快就会脱出。至于皮带那边，缝住带扣的地方已开始绽线，感觉皮带断裂会远远早于梯盖脱落。他们变换绕皮带的位置，做了各种尝试，但这项任务还是渐渐呈现出败象。大家心知肚明，但谁也没说出口。

四人默默地交替作业。歇下来的三人也不交谈。所有人都对说话开始感到疲惫。

时不时地有人喝水，或去卫生间。并没有哪个人定下规矩，但每打开一盒营养食品，必定是四个人一起分着吃。他们都选择了尽可能使空盒增长速度不显眼的方式，虽然剩下的食品还很多。

雄一从卫生间出来，见鲇美站在门前。

雄一注视着鲇美，鲇美也注视着雄一。雄一把手伸向对方的肩头，鲇美摇摇头，躲开了他的手。

"怎么了？"

鲇美只是默默地摇头。

"你的心意变了？"

鲇美转身背对雄一朝房门走去。雄一按住她的肩头，把她拉向自己，从背后紧紧地抱住。鲇美一动不动。雄一的唇凑近了她白皙的颈项。

"不要！"鲇美全身颤抖，甩开雄一的手，头也不回地向门奔去。正志在门的另一侧挡住了她的去路。

"他对你做了什么？"正志问鲇美。

鲇美推开正志，回到屋里。正志瞪了雄一一眼。

"你对鲇美做了什么？"

雄一长舒一口气，摇了摇头。

"我只是叫她回到我身边来。"

"请你不要再做这种事了。"

"为什么?"

"鲇美和我有婚约。"

"噗……"雄一对正志展颜一笑,"但是,鲇美喜欢的是我。"

"这只是毛利君的自以为是。"

"当然不是。你听好了,"雄一瞪视着正志,"我不知道你们之间有什么约定,总之现在我仍然喜欢鲇美,这一点与三个月之前并无不同。鲇美也一样。谁管你们有没有婚约,我是不会听你指使的。"

正志眼中满含敌意。

"怎么?你是不是想打我?"

"我没必要打你。我不喜欢这样。"

"你没打过人是吧。"

"没打过。"

"你不打人,但老鼠、兔子、狗却是要杀的。"

"老鼠?"

"你不是在照料动物吗?为了让它们将来好被宰杀。"

正志用轻蔑的眼神看着雄一。

"毛利君的话完全是前言不搭后语啊。"

"我的意思是,你嘴上否定暴力,其实自己也在实施暴力!如果你见不得我跟鲇美好,来打我不就行了?这才是正常的情绪。"

"把实验动物和人混为一谈,这种想法恕我无法理解。靠打人解决不了任何问题。我打了毛利君,过去的事就能一笔勾销了?靠这个什么也解决不了。"

"能不能解决，做了不就知道了？"

"毫无意义。"

"毫无意义……"

雄一一推正志的胸膛，回到屋里，正志紧随其后。鲇美抱膝坐在吊床下，眼睛盯着墙上的某一点。千鹤坐在她旁边，正注视着雄一和正志。

雄一走到屋子的中央，向正志回过身。

"意义？从一开始我们做的事就毫无意义。有什么东西有意义了？脑子里思前想后的东西就有意义了？那只是为了求个安心罢了。自己做的事毫无意义，为了挽救这个毫无意义，能救一点是一点，为了减轻不安，人才要绞尽脑汁整出一套貌似有意义的理论，仅此而已不是吗？真正重要的东西是没有意义的。有趣、无聊、喜欢、讨厌，高兴、悲伤，有的只是这些感情！请你不要给感觉赋予什么意义！"

"好粗暴的想法。"

"粗暴？那我问你，在你工作的实验室里，想法粗暴的是哪一方？是被杀掉的老鼠吗，还是杀掉老鼠的你？老鼠是活物，它可没有只因为活着就给自己赋予什么意义。粗暴地赋予它意义的人是你！"

"完全搞不懂你在说什么。"

"啊，你是搞不懂吧，连我自己也不知道自己在说什么！"

雄一所在的这半边屋子的地面比有吊床的另半边低一点，他怒气冲冲地往阶梯的垂直面猛踢一脚，表面的木板发出了"哐当"一声巨响。

"……"

雄一不由自主地朝自己脚下望去。听到声音后，所有人都在看他。

雄一弯下膝盖，观察发出巨响的垂直板。板高二十厘米左右，以被踢到的地方为中心，约有五十厘米宽的板面向内侧倾斜。仔细一看，板没有被固定住，地面上有可供滑动的沟槽。雄一用拳头敲击木板，木板再次发出声响，倒向了内侧。地板下现出了一个黑洞……

千鹤和鲇美跑到屋子的这半边，正志也从雄一身后窥探洞口。

"里面是什么地方？"千鹤问。

"不知道……好像是存放东西的。"

"里面会有什么？"

"很黑，看不大清。等一下。"

雄一打算拆下所有的垂直板。其余三人察觉了他的意图，也开始动手拆除另一侧的板。

木板较为容易地被踢开了。

有吊床的半边屋子，整个地底下都是空洞，看起来里面空无一物。

"你们看，那是什么？"

千鹤指着洞穴偏里处的地方。墙上似乎贴着一个白白的像盒子一样的东西。

雄一与千鹤换位后，匍匐在地板上，伸手触摸那个盒子。感觉是塑料质地的，表面刻着平行的锯齿纹，前部有四方形的凸起。雄一摁了摁凸起部分。

"哔……"里面突然传出微弱的蜂鸣声，雄一吓得把手一缩。

"那是什么……"千鹤颤抖着声音说。

雄一保持匍匐的姿势，把头伸到地板下面。

"你要小心啊。"身后的鲇美说。

雄一的身子慢慢地挪向塑料盒。

"这是……"

他战战兢兢地用手触摸盒子。墙上竟然装了这么一个与此处氛围完全不合的东西。

"这是内部对讲机！"

"内部对讲机？"身后的正志说，"是这样啊……"

雄一观察起这个灰色的对讲机。四方形的凸起是按钮，只有这里用的是红色塑料。纵向的一条条格子则是麦克风和扬声器所在的地方。

雄一摁下按钮，扬声器内部响起了蜂鸣声。

"喂，三田女士！你在那里吧？请回答！三田女士！"

侧耳捕捉扬声器里的回音，然而什么也听不到。

"三田女士！拜托了，请你回答一声。你应该在那边听着吧？请放我们出去。我们好好谈一谈吧。你做这样的事毫无意义。求你了，请放我们出去。三田女士！"

扬声器毫无动静。

"换我来。"鲇美拍了拍雄一的腿。雄一一爬出来，鲇美便钻到地板下面。

不用把嘴凑上去，四人的声音应该也能传到雅代那边。但是，另一边有直接倾诉的对象与单纯地对着墙说话的感觉完全不同。

"伯母！求你了，请放我们出去。求你了！到现在为止我们说的话你都听到了吧？有些话我们确实没对警察和伯母讲，但我们没有杀人。咲子是因为事故死的！听我说，伯母，救救我们吧。

放我们出去!"

鲇美不停地喊。

四人起起伏伏,轮流朝对讲机喊话。然而,雅代不做任何应答,留给四人的只有喉咙的嘶哑与无力感。

# 21

雄一再次向梯盖开战。现在他已无话可说。

没拉几下,皮带就从手柄上脱落下来。使劲把皮带绑紧,再继续拉。皮带用烦了,就爬上铁梯,直接用手死命地扳手柄。右手酸软无力了,就转过身子用左手握手柄。雄一手痛得厉害,便从梯子上下来,正志默默地和他轮换。

正志后面是鲇美,鲇美后面由千鹤顶上。从梯盖上感受到的小幅松动支撑他们进行到了现在。

被千鹤换下的鲇美来到洗碗池前,放水开始洗脸。她一只手握起脑后的头发,在脖子上也浇了点水。

"雄一先生。"

鲇美边洗边招呼雄一。雄一抬起脸。

"你有手帕吧?能不能借我用一下?"

"行啊。"

雄一从口袋里掏出手帕,递给洗碗池前的鲇美。

"说起来,其实还有毛巾的……"

雄一想起卫生间的地上还扔着一块脏兮兮的毛巾。虽然脏了,但洗一下没准还能用。

雄一来到卫生间。毛巾就在门背后的阴影处,被卷起、压成了细长的一条。他把手伸向这条一半已染为茶色的毛巾。

"……"

透过卷起的毛巾,感觉里面有硬物。

雄一用两根手指夹起毛巾的一端,一件亮晶晶的小东西掉下来,不知蹦到哪儿去了。与此同时,裹在毛巾里的一根细长的锥形棒落在地上,发出一阵脆响。

"这是什么?"

雄一不由得说出了声。屋里的鲇美问他"怎么了"。

从毛巾里掉出来的东西很眼熟。

"是冰凿子……"

柄的部分由白色陶瓷制成,上面绘有红色的玫瑰。刃身长约十五厘米。

这东西为什么会在这里……

雄一拾起冰凿子,扫视卫生间的地面。因为他总觉得毛巾里还掉出了一样东西。

"怎么啦?"

鲇美来卫生间查看情况,手里拿着雄一的手帕。

雄一皱起眉头,拿着毛巾和冰凿子走出卫生间,回到屋内。

"这东西掉在卫生间里了。"

他把毛巾和冰凿子并排放在地上,其余三人聚拢过来。

"这不是冰凿子吗?"千鹤惊讶地说。

"倒可以当工具用。"正志说。雄一点点头。

"确实可以……不过,这东西为什么会在卫生间的地上呢?"

"我都没注意到呢。"千鹤在冰凿子前蹲了下来。

"被包在这块毛巾里。我感觉门下的缝隙里有块像抹布一样的东西,就去拿了……"

鲇美在雄一身边弯下腰,细细打量。

"把这个塞进梯盖的缝隙,是不是就能撬开了?"

"等一下。"千鹤抬头看着雄一,"雄一先生说得没错,这东西为什么会在这里?"

"不太清楚。"

"这个就是我们当时用的那把冰凿子吧?"

"我觉得是……"

千鹤嘴里的"当时"是指在别墅和咲子一起度过的那四天。冰箱坏了,所以他们就从街市买来了冰块。给饮料加冰时,也是弄碎放进去比较有感觉,所以大家都喜欢把冰捣碎了再用。当时用的工具就是这把冰凿子——柄上带玫瑰花纹的冰凿子。

"为什么会在这里?"千鹤再次发问。她仰起脸,扫视站着的三人。

雄一盘腿在地上坐下,捡起了冰凿子。

"要问为什么……"正志说着,坐倒在雄一身边。鲇美也坐了下来,众人下意识地围成了一个圈。

"这里是别墅的地下掩体,所以有这东西也不奇怪吧?"

"当然奇怪了。这个是我们当时用的,后来不见了!"

"不见了……"

正志从雄一手边抬起头。

"没错！我想起来了，我们在站前的喷水池旁载上雄一先生，然后回别墅去等咲子回来。当时我一看到冰柜，就发现冰凿子不见了。冰柜的盖子一直开着。"

"唔……"雄一目不转睛地望着冰凿子，点了点头，"我也记得是这样。当时，千鹤准备喝的啤酒还是温的。"

"这东西为什么会在这里啊？"

"……"

四人下意识地你看看我，我看看你。千鹤、鲇美、正志显得心神不宁，雄一心中也没来由地产生了一丝不安。

正志把手伸向毛巾。这原本应该是一块白毛巾，整体已经变色。白色的毛巾只有中央部分不自然地变成了茶色。正中央看上去几乎是黑的，其外围部分渐渐转为茶色。

欲抓起毛巾的手突然僵住了。正志像是被弹了一下似的缩回手，仿佛有一波震颤掠过了他的臂膀。

"好可怕……"千鹤的臀部往后挪了寸许，"这……这是血啊！"

"不会吧……"鲇美猛地一摇头，"你不要乱讲！"

"不是血是什么？这个不就是血吗？正志君，这是血吧？是不是？"

"不……还不能肯定……"正志一边咽口水，一边拼命地摇头。

雄一的视线从毛巾上的茶色污迹转向冰凿子。

血？

鲇美"啊！"了一声。她看了看雄一，眼睛转向地面。众人循视线望去，原来鲇美正望着地下的对讲机。

"是你放的吧！"鲇美冲着对讲机吼道，"你到底有什么企图？

你……你为什么要做这种事!"

"啊啊,原来是这样。"正志也凝视着对讲机说道,"你玩得很开心啊。你有一半是为了寻开心吧!想象着我们害怕、痛苦的样子,心里乐开花了吧!"

雄一望着冰凿子。

是雅代把它放进卫生间的?

雄一缓缓地把手中的冰凿子放到毛巾上。

"不,我觉得不对劲。"

"不对劲?"

鲇美盯住雄一的脸。

"这真是她妈妈放的吗?"

"还有其他可能吗?"

雄一摇头说:"我不知道。但是鲇美你也说了,这东西可以当工具用。"

"……"

"掩体里什么也没有,能拿来破坏门的工具一件也没有。为了封杀我们逃脱的机会,那个人根本不会在掩体里放这种可能被用来破门的东西。可是,这个冰凿子既能当工具,也能当武器。"

"不,"正志歪着头说,"她应该是觉得这种东西派不上什么用场吧。事实上,我们折腾了这么久,梯盖不还是老样子?"

雄一转身再次面对正志。

"你再想想。我总觉得不太对劲。当然你会说这个就是她妈妈放的。"

"可是……除此之外……"

"她为什么要放这个?"

"这个嘛……"

"你不是很擅长思考'意义'吗?她妈妈把这个冰凿子和毛巾放进卫生间,到底是出于什么目的呢?"

"不就是为了吓我们吗?"

"就跟照片和那行漆写的字一样?"

"是的。"

雄一将目光转向鲇美。

"你也这么想?"

"你到底想说什么?"

"不,我也搞不懂。但是,这很奇怪不是吗?千鹤,你是怎么想的?"

"到底哪里奇怪了?奇怪的是你吧?"

雄一的视线又回到了正志身上。

"你说这是为了吓我们?"

"是的。"

"怎么个吓法?"

"那还用说……毛巾都沾了血了。"

"带血的毛巾包着一把冰凿子,怎么就能吓唬到我们了呢?咲子可是和阿尔法·罗密欧车一起坠崖而死的。"

"……"

"难道是这个冰凿子杀死了咲子?害死咲子的不是悬崖吗?悬崖和阿尔法·罗密欧车才是凶器啊!这些都曾经被贴在卫生间的墙上。凶器都已经在那些照片里了。她妈妈有必要再拿别的东西来吓唬我们吗?"

"这种事你问我我也……"

"这个，"雄一指着冰凿子，"是当时用的那个没错吧。"

雄一抬头一看，只见千鹤脸露惊讶的表情点了点头。

"就是那把冰凿子没错！这东西可不常见。说起来，玫瑰本来就是咲子母亲的爱好。椅子上、坐垫上、杯子上都有玫瑰花纹……不过，雄一先生，你到底想说什么？"

雄一摇了摇头。他也不明白，不明白自己想说什么，只是有一种说不清道不明的东西如鲠在喉。

"她是想给我们施加心理压力吧？"正志说。

"心理压力？"

"血不就有这样的效果吗？事实上，我们……毛利君怎么样我不清楚，至少我不喜欢沾在毛巾上的血。"

"我也不喜欢啊。但事实果真如此吗？如果这真是她妈妈干的，我总觉得有什么地方讲不通。"

"有必要讲通吗？"鲇美说。

"没必要吗？"

"好吧，我问你，为什么漆是红的？雄一先生，你这是思虑过度。我真是服了你了。"

"好吧，确实叫你们为难了。可是，她妈妈为什么要用冰凿子呢？为什么一定要用冰凿子配毛巾呢？这个主意到底是从哪里来的？"

"……"

雄一拼命否定从心底里冒出的各种疑问。

那是事故。咲子是因事故而死的……

"我说，如果这不是咲子母亲放的……那又怎么了？"

雄一没有回答。鲇美和正志也一声不吭。

某段记忆攫住了雄一的大脑。那是咲子手中的……

# 22

那是咲子和千鹤刚吵完架的时候。

雄一等人拼命劝架。雄一按住咲子,正志制住了千鹤。咲子甩开雄一的手,大叫着"你们都给我出去",从阳台冲进了客厅。雄一紧追其后。

见雄一追来,咲子逃也似的从厨房奔入客房。雄一进客房时,咲子手里拿着一件包在毛巾里的东西,在床的另一侧回过头来。

"别过来!"

雄一想靠近咲子,咲子却向他挥舞手中的毛巾。雄一见毛巾里包着某种棒状物,咲子把它插进盆栽之间的缝隙后,坐入凸窗前的摇椅,正好把毛巾挡在了身后。

包在毛巾里的棒状物……

雄一凝视着地板上的冰凿子。

"我说雄一先生,你快回答我呀。"千鹤焦躁不安地说,"如果这不是咲子母亲放的,那又怎么了?"

"那天……"雄一沉声说,"我见到过这东西。"

"……"

三人的视线齐刷刷地看向了雄一。

"雄一先生，"鲇美颤声说，"你在说什么呀……"

雄一望着鲇美。

"我曾看到咲子手里拿着这个，也就是包在毛巾里的冰凿子。不，我不确定那个是不是冰凿子。但应该是。"

"咲子手里拿着……这是怎么回事？"

鲇美似乎揣摩不出雄一话中的真意，皱起了眉头。

"咲子和千鹤吵完架，冲进了客房。之前她去过一趟厨房，从厨房里取了一样东西后，才进的客房。我追进房间，看见她拿着毛巾——用毛巾包着一个棒子一样的东西拿在手上。那个冰柜不是一直开着吗，我想咲子拿走的就是冰凿子。"

"……"

"然后呢？"千鹤问。

"不，我不知道。因为我最终和咲子发生了口角，从房间里跑出来了。后来咲子用那把冰凿子干了什么，我就不知道了。"

"那……到底是怎么回事？"

雄一只是摇头。

"我只知道，当时咲子拿着的就是这个摆在我们眼前的东西。"

"是咲子拿到这里来的？"

"我觉得这事很奇妙。咲子后来不是跑出别墅了吗？而且也没回来。也就是说，咲子在跑出别墅之前，来过一次掩体。"

"怎么会……"正志叫道，"这不可能！"

"为什么？"

"这还用说……"正志支吾起来。

"难道不是这样吗？不是的话，我们就无法解释冰凿子为什么会在这里。"

"怎么不能解释!这是咲子小姐的母亲放的。咲子小姐追毛利君追出了别墅不是吗?她完全没必要来这里,更别说放冰凿子了。这才叫毫无意义呢!"

"我也这么想。"鲇美说,"这就是咲子母亲放的。"

"那我问你,"雄一面对鲇美,"在那之前,也就是咲子的妈妈把这东西放在这里之前,这个毛巾和冰凿子在什么地方?"

"这个……我怎么知道。"鲇美战战兢兢地看了雄一一眼。

"你说是她妈妈放的,那她为什么会知道咲子把冰凿子包进了毛巾?她不可能知道啊。如果她不知道,你觉得还会出现这个包在毛巾里的冰凿子吗?这件事我都忘了,直到现在才想起来。我不记得对警察讲过,当然也没跟她妈妈讲过。明明不可能知道,她为什么还能把这种东西放进卫生间?"

"……"

"我总觉得这不是她妈妈放的。这东西被塞在卫生间门下的缝隙里,应该是开门的时候毛巾被挤进门缝,才变成了现在这个样子,连她妈妈都没注意到。也许她也看到了,但看到是一块脏毛巾,就没当回事吧。我觉得咲子的妈妈并不知道这东西的存在。你们说是用来吓人的,可世上哪有这种吓唬人的东西?真要吓人,会做得更显眼、更直接。你们看,照片贴满了卫生间的一面墙,用漆写的字也是,一开门就冲着眼睛来了。那个人也明白咲子是坠崖而死的,所以墙上才净是那种照片。而悬崖和冰凿子之间没有任何关联。"

鲇美一把抓住雄一的胳膊:"雄一先生……你知道自己在说什么吗?你到底想怎么样?"

雄一缓缓地摇头："我已经完全摸不着头脑了。如果我的直觉是对的，放这个冰凿子的人不是三田雅代，那又会是谁呢？是咲子吗？可是咲子为什么要做这种事？为什么会有血渗入毛巾呢？这是谁的血？"

"……"鲇美放开了雄一的胳膊。

"还是把话说说清楚吧！"千鹤说，"雄一先生的话我明白。不光是我，鲇美和正志君也明白，只是不愿说出口罢了。毕竟谁都没想过这种事。"

"千鹤……"鲇美说到一半，千鹤朝她摇了摇头。

"毛巾上的血是咲子的。这么想好像是最合理的。"

"……"

"也就是说，这里的冰凿子才是如假包换的凶器。咲子并非死于事故！杀死咲子的凶手为了伪装成事故，把人和车一起推下了悬崖。雄一先生，我说得没错吧？"

雄一深吸了一口气，无言以对。

"警方的结论可是事故！"鲇美说。

千鹤看了鲇美一眼。

"警察也有搞错的时候。"

"这怎么可能！"

"咲子被发现时，距离她坠崖已经有两个月。我是从报纸上看到的，说是尸体情况糟糕，几乎难以辨认。我认为，咲子是坠崖而死还是被冰凿子刺死的，已经无法判断了。"

鲇美重重地叹了口气。

"你这话太过分了。咲子也真是不幸，死后还要被人这么说三道四。好可怜。"

鲇美的话令所有人都沉默了下来。

鲇美慢慢抬起脸，看向雄一。

"雄一先生，到底是我们中的谁杀了咲子？"

"……"

"如果咲子是被这个冰凿子杀死的，那凶手就是我们四个人中的一个。咲子可能是拿着冰凿子开车跑出去的，然后在某个地方遇害了——被这把冰凿子刺死了。是这样没错吧？如此一来，凶手就不可能是外人。"

雄一细细打量鲇美的眼睛。她的眸中似乎含着悲伤之色。

"没错吧？如果凶手是外人，我们很难想象这个人会把凶器藏在这座掩体里。凶手完全没必要这么做。而且最重要的是，我不认为这个人能知道掩体的事。当时，知道有这个掩体的除了咲子，就只有我们四个人。也就是说，是我们中的一个杀了咲子。你觉得这个人会是谁呢？是你自己吗？"

"……"雄一摇头。

鲇美望向千鹤。

"那么，是你吗？"

"当然不是我。"

鲇美的目光转向正志。

"是你？"

正志大摇其头。

"那剩下的就是……难道是我？"

"不是你。"雄一说。

"为什么？为什么你敢这么肯定？我当然不是凶手。但如果连我也不是，那就意味着所有人都否认自己是凶手。但是，凶手就在我们中间不是吗？我有四分之一的概率是凶手，而你是凶手的可能性也有四分之一。"

"……"

"我当然希望雄一先生不是凶手，也希望不是正志君、不是千鹤。当然也希望不是自己。好了，我问你们，"鲇美一一打量三人，"从现在开始，我们该在这里做什么呢？追查我们当中的罪犯？知道谁是凶手了，然后怎么办？发起审判，还是对着那个对讲机喊'这个人就是凶手'？呼吁对方只处决这个凶手？"

"……"

"我不想做这种事。"

鲇美不再说话。一时之间，谁也没作声。

千鹤从地上站起来，走向洗碗池，往杯里蓄满水，一饮而尽。随后她缓缓转身面向三人。

"我还是不喜欢这样。"

其余三人抬起头来。

"鲇美的心情我理解。我也不希望凶手是我们中的一个，但我更讨厌自己变成四分之一个凶手。这样咲子的母亲在墙上写的那些话不就成真了吗？如果凶手就在我们中间，那这个人也太卑鄙了，都到了这个地步，为什么就不承认自己是凶手，是自己杀了咲子呢？这个人想把罪孽缩减成四分之一，想把自己犯下的罪行强加到所有人头上，不是吗？我讨厌这样，我不想为这种人充当四分之一个凶手。我不要！"

"你看这样如何？"正志说，"用多数表决制来决定。"

"多数表决制？"鲇美瞪视着正志。

"对。不再谈这个问题，还是继续追查凶手，哪边赞成的人多就选哪边，怎么样？"

鲇美微微一笑。

"这主意不错嘛。接下来你们就会逼问反对者为什么要反对了。你们会想，因为是凶手，所以才要反对吧。反正这第一个人就是我了。"

"不会吧……"

正志当即闭上了嘴。鲇美又看了一眼千鹤。

"好吧，那就干吧。反正事到如今也没退路可走了。时间嘛，看来还有的是。有个话题大家也就不无聊了。不管最后变成什么样，大家心里都会留下疙瘩吧？"

"能不能也听一下我的提议？"雄一环视三人，"现在我们休整一下如何？吃点饭，姑且睡一觉。我也搞不清现在是几点，但凭感觉应该是晚上。睡完觉我们再开始吧，怎么样？"

"好啊。"千鹤点头说，"就数你这个提议最棒了。"

# 23

很疲倦，却怎么也睡不着。

也许是因为日光灯一直开着。没有变化的光亮可能会妨碍睡眠，同时让人丧失对时间的概念。

外界是否在寻找我们呢？

雄一觉得应该正在找。毕竟是男女四人同时下落不明。即使抛下独居的雄一不论，其他三个可是有家人同住的。鲇美说没人会来找她，但她毕竟是女孩，家里人怎么可能完全不管不顾呢？至少千鹤和正志的家人一定会担心。虽然不知道过了多久，但肯定已经超过两天了，外界开始搜寻是理所当然的事。

由于各自抱着愧疚心，谁也没对别人说要去见三田雅代。所以，家人也好警方也好，把目标锁定在三田家可能需要一点时间。

但是……雄一又想，警方应该有我们四个人的记录。毛利雄一、影山鲇美、成濑正志、波多野千鹤，这四个名字与三个月前三田咲子的事故有关联。四人若同时失踪，警方能想到的只会是三田咲子的那场事故。

警察会造访三田家的府邸。

雅代现在在哪儿呢？

雄一突然想到，自己躺着的地面下装有内部对讲机。这部对讲机把他们四个的声音送往了何方？

应该是在别墅里。雄一暗自点头。

连接对讲机的线不可能一直通到东京。也许有办法通过无线装置在东京接收信号，但不太现实。

雄一揭开毛毯站起身，走下阶梯，窥探地下，随后匍匐着往里面钻。

对讲机被罩在灰色的塑料外壳里，下侧有电线伸出。雄一一边用手按住，一边沿线摸索。电线通往地下的深处。他肚子贴着地，前进约一米后，发现了线的源头。

原来是罩在黑色塑料外壳下的接口板——电话线的室内插口。

原来如此……雄一点点头。

从外界连人这块接口板的，肯定是一条来自别墅内部的电话分线。如此看来，对讲机最终是被接在这根分线的源头上。雄一等人的谈话内容被源源不断地送了过去。

换句话说，三田雅代利用原有的线路，安装了一套窃听装置。

雄一从地板下爬出来。

"你在干吗？"鲇美在吊床上问。

雄一一抬头，发现所有人都在看他。

"没干什么。"雄一摇头说，"我只是查了查对讲机的电线通到哪儿去了。"

"通到哪儿去了？"

"看来这装置是利用了电话线路。对讲机的主机多半被安在别墅里的某个地方。"

"毛利君，你来一下。"

正志从地上坐起来，一边比画手势，一边小声招呼雄一。雄一走到正志跟前。鲇美和千鹤从上方观望两人。

"我在想啊，"正志用耳语似的声音说，"要不要把这根线切断？"

"切断？"

正志点点头。

"这样的话，至少我们交谈的内容就不会被咲子小姐的母亲听去了。"

"不让她听吗？"

"是的。而且还能让她坐立不安，对不对？"

"让她坐立不安？"

"对。对讲机不出声了，她也就完全无法了解掩体内的情况了。"

这么一来，她变得焦躁不安，不就会过来看情况了吗？"

"这个……"

雄一抬头看吊床上的鲇美和千鹤。两人都没吭声。

"不行吗？"

"不，这可能是个不错的点子，但风险也很大啊。"

"风险……"

"嗯。你看，现在我们和外界保持接触的唯一通道就是那个对讲机。对方没给我们回音，所以实际情况如何我们完全不知道，但那个对讲机连接着我们和三田雅代，这一点毫无疑问。切断这条线，也许就意味着我们舍弃了几乎是唯一的求生机会。"

"……"

"那个人可能会心神不宁，然后打开梯盖。但也可能不会打开。如果不打开，那我们就失去了一切与外界沟通的手段。你有胆量拿这个赌一把吗？"

正志闭上了眼睛。

"我们不知道三田雅代打的是什么主意。她把我们关在这里，但又准备了食物和水。食物够吃十天。她可能想的是七天的份，也可能想的是二十天的份，但总之，目前为止她好像没有要饿死我们的打算。当然，不能因为有吃有喝，我们就可以在这里待好几天，这可不行。但至少比被杀掉强吧。我认为，留下对讲机能给我们带来更多机会。"

"我同意。"鲇美在上方表态。

雄一转过视线，见千鹤也在轻轻点头。

"我明白了。"

正志点点头，重新躺倒在地上。上方的二人也把头缩回去了。

雄一把毛毯团起，抵在脑后当枕头用。他神情恍惚地望着吊床的下侧。千鹤的身子把帆布向下压出了一个球形。

可是，那机会真会来临吗……

雅代会在什么时候打开梯盖呢？

雄一问自己，可他自己却摇了摇头。

对啊，这正是刚才大家讨论的主题。如果雅代会来开梯盖，那应该是在咲子的死真相大白的时候。雅代想让我们自己来追查真相。

咲子被杀害……

凶手在四个人当中。在雄一看来，是在三个人当中。只有一点他很清楚，自己不是凶手。

正志？千鹤？还是鲇美？

说起来，只有自己置身事外。雄一不知道自己跑出别墅后，咲子和其他三人之间发生了什么，只听说咲子出去后就没回来。而雄一最后看到的是咲子那辆坠下悬崖的阿尔法·罗密欧车。

——我当然希望雄一先生不是凶手。

鲇美如是说。反之亦然，雄一也希望鲇美不是凶手。不，她也不可能是凶手。雄一甚至不敢想象鲇美会杀掉咲子。最重要的是，她根本没有这个必要。

——我可是咲子的朋友啊。

鲇美对雄一这么说过。她反复强调自己不想结束这段友谊。鲇美不可能杀咲子。

那难道是正志？

雄一望着睡在对面的正志。正志背对着这边。

他不像是能用冰凿子刺死咲子的人。

——我没打过人。

正志这样说过。这大概是真的。雄一不觉得一个人不会打人,却能去杀人。

是千鹤吗?

雄一摇了摇头。

这也难以想象。说起来,所有人里就数千鹤对解明真相最积极。假如杀咲子的人是她,很难想象她会大叫"讨厌变成四分之一个凶手"。

那到底是谁?

裹在带血毛巾里的冰凿子,咲子手里曾拿着它。是谁把咲子手里的冰凿子放进掩体的?可以肯定不是咲子自己。放到这里来时,毛巾已经沾上了血。把冰凿子藏到这里来的人就是凶手。

正如鲇美所说,包括雄一在内,只有这里的四个人能做到这件事。除了三田家的人,恐怕只有这里的四个人知道掩体的存在。他们四个也都知道掩体的入口在别墅背后的库房里,在库房的地面上,而钥匙就挂在角落的架子上。

到底是谁?

雄一闭上眼睛。看来离入睡还需要一段时间。

# 24

一声尖叫把雄一吵醒了。

"你在干什么！"

雄一一跃而起，见正志正在铁梯上。他圆睁双目，盯视着千鹤的吊床。尖叫声来自千鹤。

"怎么回事？"

雄一跑到梯子底下。

"这个人……"千鹤抬手指向正志。

正志像是在吞咽口水，只是拼命地摇着头。雄一注意到他的手里握着冰凿子。

"这个人……想对我……"

"不是的，我只是……"

雄一来回打量正志和千鹤。

"我想着能不能撬开梯盖，所以就……"

"梯盖……"

千鹤向正志头上的梯盖望去，随后视线又回到他手上的冰凿子。她闭上眼睛，放下了紧握在胸前的毛毯。

"不要吓我好吗！我又以为要被人杀了。"

"怎么会呢……对不起，我没想吓你的。"

雄一"呼"地长舒一口气。一回头，就见鲇美在吊床上耸了耸肩。

"而且，盯着熟睡的女孩子看也不太像话啊。"

"不，不，我没盯着你看。真的很对不起。"

"骗人，你就是在看。你能不能让一下，我要下去了。"

"啊……好的。"

正志爬下梯子。接着，千鹤和鲇美也从吊床上下来了。

"怎么了？不干了吗？"雄一对手握冰凿子、一脸愁容的正志说，同时瞅了一眼梯盖，以此示意。正志摇了摇头。

"我没盯着她看。"

雄一笑着拍了拍正志的肩头。

"千鹤拿这话遮羞罢了,你还当真啦?再说了,看女孩子的睡姿也不是什么坏事啊。当然,能否仅限于盯着看则另当别论。"

"我真的没看!"

雄一又笑了,继千鹤和鲇美之后去了洗碗池那边。

"好可怜。"鲇美眼里含笑,对雄一说。

三人轮流洗完脸后,就见正志爬上梯子,把冰凿子插进了梯盖的缝隙。

"怎么样?能成吗?"

听到雄一的问话,正志在梯子上摇了摇头。

"不行。冰凿子像是要断的样子。"

"别太蛮干了。这东西同时也是物证。"

正志拿冰凿子戳了几下缝隙,便放弃了似的走下梯子,坐倒在地上。他眼朝下方,用手指摩挲地面。

"怎么了?"

"嗯?啊……"

正志走到三人跟前,把冰凿子放在铺在地面的毛巾上,去洗碗池边洗手。

雄一在意正志的举动,便走到梯子底下,仔细观察正志刚才关注过的地面。地板上薄薄地落着一层白乎乎的粉末,上面留有正志用手指划出的一道痕迹。

雄一用手指蘸了点,举到眼前,查看沾在指尖上的粉末。是颗粒不均匀的白色粉末,用拇指和食指一搓,较大的颗粒便粉碎了。

雄一抬头观察梯盖。他爬上梯子,抓住梯盖的手柄,就这么捏着摇了几下。少许白色粉末宛如一道白线，从失去轴柱的铰链落向地面。

"吃饭不？"千鹤在身后叫他。

雄一"啊"了一声，从梯子上下来。下来后，他再次抬头观察梯盖。

吃完口味一成不变的营养食品，四人下意识地散坐在各处的地板上，感觉就像远远围住了那把冰凿子。

"好想抽烟。"鲇美说。她含着自己的拇指，做出正在吸吮的表情。

每个人仿佛都在等别人先开口。在如此氛围下，鲇美接受了这项使命。

"那我们开始吧！"

"从什么地方开始？"雄一问。

"从哪儿开始都行。有规则吗？"

"不许说谎。"千鹤说。

"不过得除去凶手。"鲇美补充说。

千鹤耸了耸肩。

"我看……"雄一说，"还是应该从我们眼前的这个物证开始吧？"

"对啊，"千鹤说，"凶手就是能靠近这把冰凿子的人。"

正志抬起脸说："这个对谁都适用吧。因为之前冰凿子就在冰柜里，谁都能靠近它。"

"不，"雄一摇头说，"我不是这个意思。这个冰凿子是咲子拿着的，是咲子包在毛巾里拿着的。"

"她为什么要这么做呢？"鲇美问。

"不知道。这个只能靠想象了,当时咲子非常亢奋,那是在她刚跟千鹤吵完架的时候。我觉得,她藏藏掖掖地拿着冰凿子,应该是想用来干点什么事。"

"什么事?"

"能用来消除焦躁情绪的事。"

千鹤目不转睛地看着雄一。

"雄一先生想说,抱有杀意的人不是我们中的哪一个,而是咲子?"

"有可能。"

"那凶手就该是咲子恨不得想杀掉的人,也就是你和鲇美。鲇美抢走了雄一先生,所以咲子失去了理智。"

"哦?"鲇美看着千鹤,"千鹤,你就没嫌疑了?"

"我吗?啊啊,咲子可是跟我吵过架的。你看,直接和咲子厮打起来的人不就是我吗?"

"也就是说,从动机来看,只有正志君在嫌疑人范围之外。"

雄一想起了当时的情形。

咲子见雄一进了客房,开始挥舞包在毛巾里的冰凿子。

——别过来!

"不,"雄一说,"正志君确实没有动机,但在某些情况下,也不好说他是完全安全的。"

正志睁大了眼睛。

"为什么?"

"咲子可能会向我、鲇美或千鹤挥舞冰凿子。这时的情况可能是,凶手夺下咲子手中的冰凿子,反戈一击。而你的话,咲子上前攻击的可能性也许很小,但你有可能看到她拿着冰凿子。"

"啊？可我没看到啊。"

"不，你等一下。你看见咲子手里的冰凿子，意识到她想干什么，于是你为了安抚她向她靠近。可是，怒气冲天的咲子嫌你烦，把凿尖对准了你。"

"胡说八道！根本没那回事。你胡说！"

"别啊。"雄一朝正志举起手，"我只是在说可能性，可能会有这样的事罢了。"

"这种事没可能！毛利君的话简直是乱七八糟。"

"这下嫌疑人范围小多了，"鲇美不无讽刺地说，"我们四个都有机会向持有冰凿子的咲子发起反击！"

"连鲇美你也……这怎么可能嘛！"正志用责备的眼神看着鲇美。

"唔……"千鹤发出一声沉吟。

"看来从机会入手是行不通的。我们该怎么办呢？"

"要不这样，"雄一一一打量三人，"讨论一下吵完那场架后每个人都做了什么事吧。我很快就离开了别墅，所以不太清楚后面发生的事。"

"行啊。不过我把话说在前面，"千鹤瞪了雄一一眼，"单独一个人做的事，是不能作为证据的。我们必须立个规定，只有得到两人以上的证词，你的话才是正确的。"

雄一连连点头，说他知道了。

"怎么说呢，如果从这一点出发，我就会完全陷入不利境地。因为我一直在单独行动。"

"没错。你一个人离开别墅，咲子去追你，顺手把冰凿子放在了阿尔法·罗密欧车的副驾驶席上。"

"千鹤,你等等。"鲇美插话道,"我们得先听大家一个个说完对吧。发挥想象力是后面的事。"

"行啊。"千鹤一耸肩,"那就从雄一先生问起吧。"

雄一对鲇美说了声"谢谢"。

"该从哪里开始讲呢。"

"当然要从离开别墅开始讲了。"

"说得是。我追着咲子进了客房,那家伙情绪失控,简直不可理喻。所以,我不管三七二十一跑出了别墅。"

"为什么要跑出去?"

"因为觉得无聊,觉得什么都没意思了,然后我也想一个人待一会儿,让自己平静下来。别墅的前院一个人也没有,我就这么跑到马路上去了。"

"我看到你出去了,还喊了你一声。"鲇美说。

"嗯,我好像也听到了。我也不知道自己怎么了,总之就是心烦意乱的。下山后,我只顾走路,就这么进了国道,进了街市。当时天都快黑了。到车站后,我去了一家游戏房。"

"游戏房?"

"对。我也没什么心思玩,只花一千日元玩了会儿游戏。从那里出来后,我又去了 Daisy,在柜台席喝啤酒,给别墅打电话。"

"为什么要打电话?"千鹤问。

"我就实话实说吧,当时我已经不想回别墅了。我给鲇美打电话,想叫她和我一起回去。事实上,我也是这么说的。"

"嗯,"鲇美点点头,"你是这么说的。"

"先是你接的电话。"雄一看了看千鹤。千鹤点头。

"我和你说了会儿话,然后就听说咲子跑出了别墅。你还说正志也不在。鲇美来听电话后，我说我们一起回去吧。鲇美说，她得先好好处理咲子那边的事。也许是该这么做，但当时我觉得这种事根本无所谓。不过，鲇美要我过后再给她打电话，就挂断了电话。"

鲇美点头。

"当时你情绪激动，所以我觉得最好不要马上让你跟咲子见面。我打算努力和咲子沟通沟通，虽然我也没什么自信……"

"打完电话后，有个坐在我旁边的怪女人纠缠我。听她的意思，她好像是来见男人的，但是被人家甩了。她看我心烦意乱的样子，可能以为我也遇到了一样的事。她是想找个说话的对象吧。但是我只觉得她很烦，就叫她走开。结果那女人说了些不着四六的话，把红辣椒酱的瓶子扔到我身上后就跑了。之后，我大概每隔三十分钟就给别墅打电话，但没人接。我一边想着该怎么办，一边在站前的喷水池洗T恤，这时你们开车过来了。后面的事情就不用我说了吧，反正我一直和你们在一起。"

千鹤凝视着雄一的脸，片刻后她点了一下头，开口道："下面就由我来说吧。你们可能会说我运气好，我大多数时间都有人陪在身边。咲子打我，我也反击了，结果两个人扭打在一起。这个时候大家都在场。怎么说呢，当时我的心情和雄一先生一样，心想这个地方还怎么待啊？虽然觉得很不争气，但我还是哭了，于是我就去了院子。鲇美和正志君过来找我说话……"

"不是过来找你说话这么简单的，"鲇美修正千鹤的话，"是因为担心你。"

"也是。不过我头脑发热，记得当时我甩开鲇美和正志君，从院子跑进了林子。"

"没错，你越跑越远了。正志君好不容易才把你逮住。"

"两个人对我说了好些话，不过我基本上都没记住。鲇美中途去了别的地方。"

"因为我看到雄一先生出了别墅，所以也很担心他那边的事，就托正志君照看千鹤，然后追了过去。"

"追我？"雄一盯视着鲇美，"你来追过我？"

"是啊。你走得太快，我没能赶上。所以我回了一次别墅，想开摩托车或汽车去追你。回到别墅时，正志君问我怎么了，我把事情一讲，他就说'我去追，你去照顾千鹤小姐'。"

正志朝鲇美点点头。

"等一下。"千鹤插话道，"现在是轮到我说吧？"

"啊！不好意思。不过，我们差不多一直在一起，说的事都是一样的吧？"

"好吧，也是。虽然我不知道雄一先生走了，也没注意到鲇美和正志君追过人，不过情况确实是这样。我在林子里逛了一会儿，正志君要我回去，而且周围也慢慢变黑了，所以我就回去了。我进了客厅，但咲子不在，鲇美和雄一先生也不在。我对正志君说我要收拾行李，然后去了二楼。啊对了，这段时间我也成单独行动了。我把东西往旅行箱里塞，这时鲇美来了。我说了类似'我要回去'的话，鲇美说'等一下'，拦住了我。我拼命嚷嚷，说我讨厌前面发生的事。就在我们拌嘴的时候，我和鲇美听到外面有汽车发动的声音。我们两个从二楼下来，往院子里一看，阿尔法·罗密欧车已经开走了。我不太清楚到底是怎么回事，总之咲子走了，雄一先生也不在，正志君也不在，别墅里竟然只有我和鲇美两个人了。我是很想回家，但不知怎的又不安起来，就在这个当口，雄一先生打电话过来了。正志君骑摩托车回来是通话结束后不久的事。然后，我们三个一直在说咲子和雄一先生到底怎么样了。"

千鹤叹了口气。

"过了一会儿，我们决定还是去找你们为好。我说雄一先生是从 Daisy 打电话过来的，所以他俩多半在街市，但正志君说前面没跟阿尔法·罗密欧车打过照面，对吧？正志君说他去过街市，如果咲子开车往街市走，两辆车应该会擦身而过。于是，我们就走了相反的方向。当时天已经很黑了，我挺害怕的，不过从那个悬崖旁开过的时候，我看见崖头有个红红的东西。我们开过去一看，发现是阿尔法·罗密欧车。当时只有车，咲子不在。我们打着手电在周围搜索，但哪儿都不见她的人影。我记得我们在那里待了一段时间。正志君提议要不要去街市看看。虽然我觉得咲子可能会回自己的车，只要在那里等着就是了，但一来我总觉得有点害怕，二来也没有迹象表明咲子人在那里，所以我们就去了街市。上 Daisy 一打听，才知道那里确实来过一个貌似雄一的人，和女人吵完架后跑了。于是我们回到站前，刚到就看见你在洗 T 恤。"

雄一按时间顺序在脑中整理当天发生的事，感觉有对不上的地方，便问鲇美："你差不多一直和千鹤在一起吗？"

"是啊。"

"也就是说，你追赶离开别墅的我，但没追上，所以就回了别墅？"

"嗯。当时正志君在，所以我就问他借车钥匙。正志君问我要干吗，我把你已经下山的事告诉了他，结果正志君说他去追。"

正志点头。

"我也不得不说实话了。老实说，当时我并不想把车钥匙借给鲇美。毛利君的事与我何干？"

"我想也是吧。"雄一点点头。

"没错。我不想让鲇美去追毛利君，所以才说我去追。而且当时天已经黑下来了，让一个女人单独出门我也不放心。另外，千鹤小姐说要收拾行李，上了二楼后好像一直没下来。关于千鹤小姐的问题，我觉得还是让女人劝女人比较合适，就把她托付给了鲇美。既然说了去追，我就不得不出门了，但我也没心思开车，所以就骑上了摩托。开车去的话，要是找到了毛利君，我总得让你上车吧。我可不想那样。尽管如此，我还是姑且往街市赶去，因为我也有话想对毛利君说。不过我没能追上毛利君，也没觉得你会去街市，毕竟对走路的人来说那段距离可不短。我想你多半是在中途拐进了某个岔道，就开进各条道去找，结果还是没能找到，就回了别墅。刚回来我就听说咲子小姐也走了。之后我一直跟千鹤小姐和鲇美在一起。"

雄一的目光从三人身上扫过。

如此这般，每个人都姑且交代了自己的行踪。然而，有一点却令雄一感到奇怪，且具有决定性的意义。

那就是其中缺少咲子的存在。

从雄一离开别墅，到咲子开车出去为止，咲子不曾在任何人的行动里出过场……

## 25

"我再问一次。"雄一一一打量三人,"我想确认一下,你们最后看到咲子是在什么时候?"

"在阳台上的时候啊。"正志说,"她和千鹤小姐吵完架,跑进了客厅。就是那个时候。"

"你也是?"雄一问鲇美。

鲇美点头。

"没错,我也是。"不等雄一开口,千鹤便回答道。

雄一挠挠头,看着千鹤。

"咲子开阿尔法·罗密欧车出去,是多久后的事?"

"这个嘛……"千鹤一皱眉,把目光移向鲇美,"过了多久呢?时间挺长的吧?"

"记不清了。"鲇美说,"而且我也没看手表。只记得天确实是黑了。"

雄一想起自己在 Daisy 看过手表。他记得从离开别墅到自己想打电话为止,当中间隔了近两小时。

"我不是打过一个电话吗?那时她已经跑了对吧?"

"是的。"

"比我打电话早多少?"

"这个嘛……早三十分钟左右吧。"

换言之,咲子的出走离雄一最后在客房看到她相隔有一个半小时。

雄一用力摩挲着额头。

"这个该怎么解释呢……"

"什么怎么解释?"鲇美反问道。

"我是说咲子的事。如果咲子是在我打电话的三十分钟前走的,那她在之前的一个半小时里应该做过些什么吧?"

"做过些什么……什么意思?"

"难道不是吗?吵完架后,那家伙拿着冰凿子冲进了客房。我离开别墅时,那家伙还在客房里呢。后来你们谁也没见过咲子吗?足足一个半小时哪。在这么长的时间里,那家伙没和你们任何人见过面,当时她到底在哪儿?做了些什么?"

"不是在客房吗?"

"一直?"

"难道不是?"

"我不知道。"

"能等一下吗?"千鹤插话道,"这一个半小时怎么就成问题了?我倒觉得这后面才是问题。"

"是指她跑出去之后吗?"

"当然了。咲子把冰凿子放进车里,开车走了。她可是在这之后被杀的。"

雄一皱起眉头。

"这话我都快听腻了。你又要来这一套吗?你是想说她来追我了是吧!"

"不是。当然,这也是一个方面,但有没有去追你是另一个层面的问题。这里的关键是,咲子跑出去后,在别墅外的人就有杀她的机会了。"

"啊……"正志叫了一声,他盯视着千鹤,大摇其头,"你是说我也有机会？我说过的吧，当时我也在外面。"

"没错。"千鹤点头说，"你代鲇美去追雄一先生了。"

"可是我没有杀咲子小姐。我怎么会有杀她的理由呢？"

"有没有理由这个问题早就解决了。拿着冰凿子的可是咲子。我们都是嫌疑人。现在需要搞清楚的是，谁有遇到咲子的机会。而你就有这个机会。"

"不，我没遇到她。"

"你是说过没和她的车打过照面，但这只是你个人的说法。咲子离开别墅是在你开摩托车出去之后。我还是认为咲子是追雄一先生去了，所以她去的是街市。"

"不是的！我……"

"等一下，请好好地听我把话讲完。你可以否认，但总是这么频频打岔，我就没法讲话了。"

"正志君，"鲇美点头说，"千鹤说得没错。你先把话听完。"

正志垂下头。千鹤向鲇美说了声"谢谢"。

"我是这么想的。咲子之前不是在客房吗？客房就在玄关旁边，那里能听到人在庭院里说话的声音。鲇美回来后问正志君借过钥匙对吧，说是雄一先生下坡往街市的方向去了。正志君阻止了鲇美，说他去追，要鲇美照看好我。于是，正志君骑上摩托车走了，鲇美则上二楼来到了我这里。这些事咲子在客房里都听到了。她听说雄一先生往街市方向去了，就也开着车走了。另一方面，正志君其实没什么干劲，磨磨蹭蹭地往坡下骑。这时阿尔法·罗密欧车从后面赶了上来，正志君注意到后，举手让咲子停车。"

说着，千鹤望向正志。正志缓缓地抬起头。

"我可以反驳吗？"

"请。"

"从时间上讲有这个可能。但是,我并没有碰到咲子小姐。我曾去各条岔道找过人,所以她的车在这期间赶上来也不是没可能。但我确实没碰到她。"

千鹤叹了口气。

"我们现在的情况就是所谓的'各说各的理'。不过,我还是认为说谎的不是正志君就是雄一先生。我和鲇美肯定不是,因为我们一直在别墅里。"

"能听我说几句吗?"雄一说,"我总觉得现在做这样的限定还为时过早。"

千鹤将目光投向雄一。

"为时过早?什么意思?"

"因为你想当然地认为咲子是在别墅外被杀的。"

千鹤睁大了眼睛:"可是……难道不是吗?咲子开着阿尔法·罗密欧车出去……"

"你亲眼瞧见了?"

"啊?"

"你亲眼看到阿尔法·罗密欧车开走了?"

千鹤看了看鲇美,鲇美盯视着雄一。

"鲇美,你怎么说?你看到车开走了?"

"我……听到声音了。"

"只听到了声音?"

"是的……"

"千鹤,你刚才也是这么说的吧。你和鲇美在二楼听到了汽车发动的声音,下来一看才发现阿尔法·罗密欧车已经开走了。

是不是?"

"嗯。可是……"

"与其说开走了,还不如说是看了看院子发现车没了,对不对?"

"……"

"也就是说,谁都没亲眼看见咲子出去。"

"我说……"千鹤害怕似的看着雄一,"你这是什么意思?"

雄一点了下头。

"谁也没见到咲子,我总觉得这事非常奇怪啊。当时咲子情绪激动,我跑出去的时候还激动着呢。那家伙的神经一直处在火气冲天的状态,很难想象她会在客房里安安静静地待上一个半小时。那家伙肯定想着要拿别人撒气。所以,我能理解她来追我,但我认为她不会过一个半小时后才来追我。"

"……"

"值得思考的问题还有一个。那就是冰凿子。"

所有人的目光都投向了地上的冰凿子。

"咲子是被这东西杀死的。虽然没做过血液检查,不好就这么下结论,但根据现在的情况判断,这么想是最妥当的。如此一来,那个悬崖反倒成了问题。"

"是为了伪装成事故……"正志低声说。

"没错。咲子遇害时阿尔法·罗密欧车在什么地方并不重要。我们首先必须关注的问题是,咲子是在什么时候、什么地方遇害的。如果冰凿子是凶器,那就没必要在别墅之外。"

"……"

千鹤咽了口唾沫。

"你是说人是在别墅里……被杀的。"

"没可能吗?"

"可是,可是……"

"阿尔法·罗密欧车是用来处理咲子尸体的。如果是冰凿子杀死了咲子,显然车从崖上坠落的最后瞬间,咲子已经死了。那么,她的尸体是什么时候被放进车里的呢?你们听我说,有一种情况也是完全可能的,那就是阿尔法·罗密欧车驶离别墅时,咲子的尸体已经在车里了。"

"这怎么可能……"

"没错,"正志点头说,"完全有这个可能。简单地说,这就意味着凶手是当时在别墅里的人。"

鲇美"呼"地吐出一口气。

"你们终于制造出了我也能杀咲子的机会。总之我们每个人都有独处的时段,这个时段是关键。说到我的话……就是追赶雄一先生的那段时间,我也可能没去追雄一先生,而是去杀咲子了对吧?"

"嗯,是的。"雄一点头说,"学千鹤的样展开想象的话,鲇美看到我之后,其实是回了别墅,结果迎面遇上了来追我的咲子。而咲子的手里握着冰凿子。"

"我自然会逼问她想干什么。然后就变成了这样的情节是吗——咲子反倒朝我举起了冰凿子。我们两个开始推推搡搡,我从咲子手里夺过冰凿子,刺向咲子。"

"可能吧。"说着,雄一的眼睛扫向千鹤,"在千鹤身上也可能会发生同样的故事。"

"我?"千鹤一瞪眼,"我可没这个……"

"没这个机会吗？应该不是吧。你和正志君回到别墅后，说要收拾行李，上了二楼。不料咲子也在二楼——因为咲子的行李也在二楼。于是，阳台上发生过的争吵再次上演，但不同的是，这次有冰凿子。"

"可是！"千鹤叫了起来，"我，还有鲇美，和你们不一样！"

"为什么？"

"那还用说？阿尔法·罗密欧车开走的时候，我们两个可都在别墅里。我们在别墅里，怎么可能去开车？能做到这一点的只有你或正志君！"

雄一缓缓转向正志，正志深吸了一口气，颤抖似的摇着头。

"不是我。我没有驾驶阿尔法·罗密欧车。"

雄一耸了耸肩，鲇美笑出了声。

"好像不太成功啊，千鹤。我们一直在说车轱辘话——是你，不，不是我，就是你，真的不是我。这些事全都无法证明。这个游戏已经失败了。"

"这不是游戏！我可不是闹着玩的！"

"我也没觉得是游戏。但是，不管讨论多少次结果都一样不是吗？我们连咲子是什么时候、在哪里被杀的都不知道。是在别墅里，还是在外面？驾驶阿尔法·罗密欧车离开别墅的是咲子本人，还是凶手？这个我们也不知道。因为什么证据也没有啊！"

"可是……"千鹤望着毛巾上的冰凿子，嘟嘟囔囔地说，"可是，就是有人杀了咲子啊。"

雄一站起来，走向吊床，一骨碌躺倒在床下。他在思考地板下的那个内部对讲机。

雅代是否在听他们的这一轮对话？是抱着怎样的心情在听

呢？她认为谁是凶手呢？

——是你们杀的。

脑海里浮现出了卫生间墙上的那行红字。

结果真是如此吗？

雄一轻轻叹了口气。

# 26

雄一无意间抬起头，看了看铁梯上方。银色的梯盖，掉在地上的粉末……

雄一缓缓起身，爬上梯子，一边抓着吊床的骨架，一边猛力摇晃手柄。又有少许白乎乎的粉末从铰链处掉了下来。

梯盖比之前松动得更厉害了。他试着用拳头击打表面，可以看到当当作响的梯盖正在微微颤动。

铰链明明坏了，梯盖也拆不下来。这就意味着……他一边俯视地面的白色粉末一边想：这个梯盖是被别的东西在上面固定住了，粉末就是从那个固定物上掉下来的。

在梯子上作业非常困难。雄一换了个姿势，重新握住吊床的骨架，准备用脚向上踢梯盖。等一下……他看着吊床。

有这个东西……

"喂，正志。"雄一提高音量，"来帮我个忙。"

说着，他开始摇晃吊床的骨架。由于只是吊床，所以能轻易地上下晃动。骨架的里侧被固定在墙上，外侧则由两条从天花板垂下的布带吊着。

"怎么了？"

"我想把这个吊床拆了。"

"拆了？"

"嗯。我竟然看漏了这么一个大家伙。"

"啊……"正志也意识到了，睁大了眼睛。

雄一着手拆吊住骨架的布带，正志也开始解另一根带子。只要拨开金属扣，就能轻易地把带子从骨架上解下来。

"很好，开干吧！"

雄一向正志招呼一声，用两手握住骨架，使劲往外拉。鲇美和千鹤见状，也跑到两人身边一起帮忙。

"直来直去地拉是不行的，必然拧着来。准备好了吗？往那个方向拉。"

"明白！"

"嘿哟！"

四人同时用力拉吊床的骨架。骨架的根部发出"噼"的一声响。

"干得不错啊！嘿哟！"

"咔嚓"一声，骨架动了，四人在惯性的作用下你叠着我叠着你，轰然倒地。骨架从墙中脱出，压在了他们身上。

"啊哈哈哈……"鲇美笑得眼里浮出了泪花。

"痛死啦！正志君，你不要拿我的脚当垫子好吗！"

"啊，对不起。"

每个人的嘴里都发出了笑声。

"好了，开干吧！"

雄一用两手握住骨架，抬头看了看梯盖。

所有人几乎同时站了起来。雄一走到梯盖下，紧紧捏住骨架的下端。

"会很危险的，你们都往后站。"

说着，他举起吊床的骨架向梯盖顶去。

"咣"的一声巨响在掩体内久久回荡。骨架撞击到的部分出现了小小的凹陷。白色粉末落向了雄一的脑袋。

"我也来。"

正志握住骨架另一侧的杆子，两人合力向上顶梯盖。五次、十次……梯盖的松动渐渐变得清晰可见，从缝隙掉落的白色粉末也越来越多。

鲇美和千鹤在他俩身后齐声喊"嘿哟"。雄一和正志则配合着吆喝声，把骨架撞向梯盖。

撞到二十几下时……

"咣当"一声，掩体内回荡起前所未有的巨响，梯盖像是被撞错了位，白色尘埃四处飞扬。

"不要紧吧？"鲇美一边喊，一边不住地咳嗽。

"……"

雄一和正志用手挥开眼前的尘埃，向上望去。

梯盖歪着身子，正在摇晃。看那摇晃的样子，像是有什么东西在上面吊着它。开启了两三厘米的梯盖与天花板之间的缝隙黑乎乎的。但梯盖没有掉下来，只是在不停地晃荡。

雄一稍稍后退，换了个姿势握住骨架，把它插入梯盖与天花板之间的缝隙。用力往里塞后，再向上猛推。

"咯咯咯咯"，上方传出了金属摩擦一般的声音，手心也感觉到了振动。

"要掉下来了！快闪开！"雄一提醒其他三人。

下一个瞬间，只听"砰"的一声巨响，反作用在骨架上的力消失了。与此同时，梯盖坠向地面，发出了嘹亮的声音。

"……"

雄一在白色尘埃的笼罩下，凝视着天花板上出现的洞穴。

那不是洞穴……

"是混凝土。"旁边的正志用掉了魂似的声音说。

洞穴完全被混凝土封死了。灰色的混凝土只在中央有一道裂口，从里面垂落下几根钢丝。

隐约可以看出三田雅代做了什么。她用钢丝把梯盖外侧的扶手和上方通道的扶手绑在一起，然后灌上了水泥。

为了躲避混凝土的尘埃，四人姑且从梯子底下转移到洗碗池旁。谁也没有开口。千鹤咳个不停，鲇美轻轻抚摩她的背。

千鹤抬起头时，泪水已在她的脸颊上划出两道印迹。

# 27

冰凿子起了作用。

爬上铁梯，用冰凿子铲封住洞口的混凝土。试了一下就发现比想象得容易。大概是雅代不擅长土木工程吧。水泥、沙、碎石的调配比例可能不太合适，或是灌入时处置不当，用冰凿子随处一戳，就能弄出气泡大小的洞。当然，说容易铲也没到不费吹灰之力的地步。用凿尖戳几下表面，就会有小石子大小的混凝土块掉下来，如此而已。不过，与对付貌似纹丝不动的梯盖相比，还是有明显的不同。

最初也尝试过用吊床的骨架破坏混凝土，但洞的口径比骨架还小，所以除了靠冰凿子外别无他法。

雄一等人先从通有钢丝的中央部分铲起，争取扩大裂口。

"有种自己成了电影主人公的感觉。"在远处观望作业情况的鲇美说，"舞台背景是战俘集中营，我们正在挖洞准备逃跑。"

"没错，这里就是一座完美的战俘集中营。"

"电影的话，肯定会以成功逃脱结尾。"

"我也希望是这样。快点打出'全片完'这三个字吧。"

铲混凝土的工作由四人轮流进行。雄一做完，就换正志，鲇美和千鹤依次补上，然后再轮到雄一。

这事能把人弄得满身尘土。为了铲掉头顶上的混凝土，不免要吃点灰。四人轮流用雄一的手帕蒙住口鼻，在脑后打结，避免直接吸入粉尘。

抬着头干活很是辛苦。不光脖子和肩膀痛，胳膊上的肌肉也会像抽筋似的僵硬起来。轮换的频率渐渐加快了。

下来休息的人互相按摩肩膀，虽然几乎不交谈，但混凝土被渐渐削去的事实把所有人的心思捏合成了一个整体。雄一觉得应该只差一点了，这个想法缓减了他肉体上的痛苦。

和正志轮换后，雄一去了卫生间，与刚出来的鲇美撞了个正着。

鲇美想从旁边挤过去，雄一一把抓住她的胳膊。鲇美看着雄一，轻轻摇头。

"有一件事我想先告诉你。"雄一小声说，"我的心意一直没变。"

"情况已经不同了。"

"那时的感情只是一时性的？"

"你可以这么想。"

"骗人！"

鲇美摇摇头，缓缓抽出被雄一抓住的胳膊。

"你是在怀疑我吗？"

"……"鲇美直视雄一。

"你认为是我杀了咲子？"

"我没这么认为。"

"那你认为是谁？"

两人陷入了片刻的沉默。

"雄一先生怎么想？你认为是谁杀的？"

"不知道。我完全不知道是谁干的。"

鲇美朝雄一点头。

"行了，就这样吧。不知道就不知道吧，这样是最好不过的。"

"我想说的是，你要相信我，凶手真的不是我。我无法忍受被你怀疑。"

"确实不是你。我是相信你的。"

门那边似乎有动静。雄一和鲇美同时望向门口，就见正志站在那里。

"毛利君，我应该提醒过你好几次了。"

雄一把身子转向正志："我也说过了,我不会听你指使的。"

"正志君,"鲇美语气中含着焦躁,"你到底在气什么?真是个没出息的人。"

"鲇美……"

正志看着鲇美,表情显得非常吃惊。

"我不想让你误解。请你不要摆出这副样子,搞得我是你的私有财产似的。简直就跟我老爸一样。"

"……"

千鹤从正志身后探出脸。

正志左右打量并排站在一起的鲇美和雄一,向鲇美伸出手。

"什么意思?"

"请到我这边来。"

鲇美深深地叹了口气。

"真是搞不懂你。请你适可而……"

正志保持伸手的姿势,向鲇美走近。鲇美条件反射式地往后退。

"喂!"雄一插入两人之间。

"请你让开。"正志想推开雄一,雄一顶了回去。由于反作用力,雄一的背撞到了鲇美。

"啊!"

鲇美摔进了卫生间。

"好痛……"

"对不起!你不要紧吧?"

雄一回头,见鲇美屁股着地摔在了卫生间的地上。他忙走进卫生间,扶着鲇美的胳膊把她拉起来。

"对不起。"

鲇美皱着眉摇了摇头。她扣住右手，把它举到眼前查看。

"怎么了？"

"不知道，好像被什么东西刺了……"

雄一执起鲇美的手。掌心有一处发红的刺痕。

"鲇美，还是去洗一下手吧。"身后的正志说。

雄一让鲇美从卫生间出去，凝目观察她撑过手的地面。瓷砖的接缝处有一个闪着暗光的东西，那是一枚银色的小金属片。

"……"

雄一用手把它捏起来。

细链的末端悬着一颗银珠，是耳环……

说起来……雄一想起来了，发现冰凿子的时候，有一件亮晶晶的东西从毛巾里掉出去了。

"这是什么？"鲇美窥视雄一的手，"耳环？"

雄一点点头，用掌心托着它，回到了房间。千鹤与他并行，鲇美和正志则跟在后面。

"让我看看。"

鲇美从雄一手中拿起耳环。

"这个……是咲子的。"

"咲子的？"

鲇美"嗯"了一声，点点头。

"这东西为什么会掉在那种地方呢……"

"原来好像是和冰凿子放在一起的。这东西比较小，所以从毛巾里蹦出去了。"

"耳环……"

正志喃喃自语，雄一看了他一眼。

"借我看一下。"

正志从鲇美手中接过耳环,放在掌心上细细打量。

"这个是咲子小姐的?"他问鲇美。

"是啊,是她那天戴着的。千鹤,你还记得吧?"

千鹤表情困惑地点了点头。正志看着她的脸。

雄一也想起来了,那天咲子确实戴着耳环。具体的款式已经忘了,但记得是那种在耳朵底下晃荡的,所以可能就是这个。

对了,在客房见到咲子时,她只有一边的耳朵上有耳环。

正志仰起脸说:"我想起来了。这个是我捡到的。"

"捡到的?"

雄一看着正志,正志点了点头。

"是我捡到的。那天,在那个阳台上。"

"……"

雄一下意识地和鲇美对视了一眼。

"这是怎么回事?"

"多半是厮打的时候从耳朵上掉下来的。我见它掉在阳台上,就捡起来了。"

"那这个……"鲇美问,"为什么会在这里?"

正志点了点头,说:"我也很想知道。"

"你什么意思?"雄一打量正志的脸。

"那时——也就是咲子小姐和千鹤小姐吵架的时候,我不是制住千鹤小姐了吗?"

"是的。"

"于是咲子小姐去了客厅,千鹤小姐则从我手里挣脱出来,跑向了庭院。鲇美小姐去追千鹤小姐,我也想跟着去,这时就发现这东西掉在我脚下。"

"哦。"

"所以我就捡了起来,直接找到千鹤小姐。我不知道这是咲子小姐的还是千鹤小姐的,因为之前我也没怎么注意。所以,和千鹤小姐在林子里走的时候,我把耳环交给了她,问这是不是她的东西。"正志说着,再次转向千鹤,"千鹤小姐,这个应该是我交给你的耳环吧?"

千鹤圆睁双目,与正志对峙。

"这东西为什么会在这里?"

"你问我为什么……我怎么知道!"

"可是,这不是很奇怪吗?千鹤小姐可是什么也没说,就收下了这个耳环!"

"我不知道!我想我是……收下了,但这个事我不清楚!因为我把耳环扔了。"

"扔了?扔哪儿了?"

"我怎么知道!你为什么要问这个?这个跟我们的事没有关系吧?"

"我很难认为没有关系。你看,这东西掉在卫生间里了不是吗?这可是咲子小姐那天戴的耳环!而且我把它交给了千鹤小姐。"

"等一下!"千鹤对正志怒目而视,"正志君,你到底想说什么?"

"很简单。耳环和冰凿子在一起,这就意味着,是杀害咲子小姐的凶手把它们带进来的。"

"别说蠢话了!这个不是我带进来的,我早就把它扔了。后来耳环去了别的地方。反正我什么也不知道!"

"……"

三人注视着千鹤。千鹤只是摇头。

"这是真的!我真的扔掉了。现在它正在别的地方躺着呢。再说了,我收下的只是一边的耳环对吧!不是还有另一边的耳环吗?这个就是另一边的那个耳环。"

千鹤用恐惧似的眼神打量三人。

雄一从正志手中拿起耳环。

"我记得规则是这样的,"雄一把耳环挂在手指上,摇晃起来,"单独行动时的那部分是不能成为证据的。这可是你自己定下的规则。谁也没看到你把正志君给你的耳环扔在了某个地方。"

"胡扯!事情不是这样的,不是这样的!"

千鹤一边向下挥动双手,一边吼叫。她抖动着头发,连声说"不是这样的",接着转向鲇美,握住她的手。

"求你了……我说的都是真的!这不是我干的。我真的把它扔掉了。这是真的。你要相信我,求你了!"

鲇美脸上露出为难的表情,看着雄一。

# 28

"不坐下来吗?"

刚才因意外情况雄一没去成卫生间,这次他终于上完厕所,在洗碗池前洗过手和脸后，对众人说道。

他给四个杯子满上水，取出四盒营养食品。鲇美过来把东西一一分配给每个人。

"千鹤，你给我坐下。"雄一对仍站在屋子另半边的千鹤说。

"你们不相信我？"千鹤面无表情地说。

"先坐下再说。我们吃饭吧，虽然还是只有营养食品。"

"我没说谎。"

"千鹤，"鲇美回过头去，"你快坐下来吧。你也真是奇怪，对雄一先生和正志君你也谈不上有多信任吧？"

"他们和我不一样。"

"怎么不一样？都一样。"

正志打开了营养食品盒。

"好想吃饭团啊。虽然我不像毛利君那样，但老是吃一样的东西，会产生一种自己也成了实验动物的心境。"

"那就用水化开试试？这样会变得像燕麦粥一样。改换一下口感也不错啊。"

正志"呵呵"地笑了。看来攻击的矛头转向千鹤后，正志轻松了很多。

三人开始用餐时，千鹤依然脸色僵硬，在稍远处坐了下来。

"我有一个提议。"雄一舔掉沾在手指上的食品粉末，"我们要不要换一下规则？"

"换规则？"鲇美反问道。

"对。千鹤定的规则是，但凡没有两人以上的证词，就不能作为证据予以采纳；单独一个人的主张不予认可。但是，我们四个都有单独行动的时间段，疑点也都集中在这些地方，结果就陷入了'是你做的''不，我没做'的死循环。所以我就想了，我们能不能改变一下思路呢？"

"怎么改变？"正志把杯里的水喝光后，问道。

"怎么说呢，我们会互相猜忌也是很正常的事，不过我们可不可以先从相信对方开始呢？"

"相信对方？"

"嗯。不管是谁说的话，在被否定之前，我们都当它是正确的。也就是说，从肯定所有人的话都是正确的开始。"

说着，雄一看了看千鹤。千鹤眯起眼睛打量雄一，似乎是觉得他的话里有圈套。

"可是，这么一来就会变成所有人都是清白的。"

"没错。我们不从每个人都有嫌疑开始，而是从每个人都是清白的开始。"

"简而言之，雄一先生的意思是，'你们得先认可我T恤上沾到的不是血，而是红辣椒酱'，对吧？"

雄一对千鹤微微一笑。

"你这么理解也行。而我也准备认可千鹤扔掉耳环的事。"

"我赞成。"鲇美点头说，"这样会比较好。我喜欢这样远远超过互相怀疑。"

"正志，你呢？"

听雄一这么一问，正志也点了点头。

"好啊，我可是求之不得的。换句话说，毛利君的意思就是着眼于各项证词中的矛盾点对吧。互相冲突的证词里恰恰含有解开谜团的关键。"

雄一笑了。

"我倒是没想得那么远,不过也可能会变成这样吧。"

"那好,"千鹤深吸一口气,"你们相信这个耳环是另一边的那个对不对?"

雄一点头。

"我要吃饭了。"

千鹤打开营养食品盒,其余三人都笑出了声。

千鹤吃完后,不知不觉中气氛已恢复如初。就在这时,雄一再次开口道:"关于这个耳环,刚才我想了一下。"

千鹤仰起脸来。

"什么嘛,你这话不对啊。不是已经说定了这是另一边的耳环吗?"

"不,不,"雄一摆摆手,"不是这样的,你听我把话说完。我假定这个不是交给你的那个耳环。刚才我想了一下,如果这是另一边的耳环,又当如何。"

"啊啊,不好意思,这就没问题了。那到底是怎么回事呢?"

"我在想,咲子的耳环为什么会在掩体里呢?"

"为什么……刚才正志君不是说了吗,是凶手带进来的。不过,正志君好像是想说那个人就是我。"

千鹤瞪了正志一眼,正志慌忙摇头。

"是凶手带进来的?凶手为什么要这么做?"

"为什么?不就是为了把它藏起来吗?"

"你好好想想。冰凿子好说,我能理解凶手想把它藏起来的心情,毕竟是凶器嘛。可是,耳环并不是凶器,凶手有必要把它藏起来吗?"

"啊……"千鹤点了点头,像是在说"听你这么一说还真是的"。

雄一将目光投向鲇美和正志。

"是啊，"正志说，"毛利君言之有理。凶手把咲子小姐的尸体搬上悬崖，伪装成事故。如果那里放了一把冰凿子，可是很麻烦的。因为事故现场的冰凿子和沾血的毛巾会招来怀疑。但耳环与案子毫无关联，就算现场有这种东西，也不会让人起疑……"

"那到底是为什么呢？"鲇美望着摆在营养食品盒上的耳环，"雄一先生是怎么想的？你是不是想到了什么？"

"嗯。我的想法很单纯，其实不是凶手把这东西带进来的。"

"……"

千鹤挪动臀部，向雄一那边凑过去。

"你这话是什么意思？凶手没带进来的东西为什么会在这里？"

"除了凶手，能把这东西带进来的就只有一个人。"

"只有一个人……"

千鹤喃喃自语，突然她圆睁双目，"啊！"地大叫了一声。雄一点了点头。

"就是咲子。"

千鹤眨巴着眼睛，似乎感到十分困惑。

"这，这个，你等一下。"正志说，"你说是咲子带进来的，这话是什么意思？"

"我只是这么一说。其实我的意思是，如果咲子来过这里，她也就有机会把耳环掉在这里了。"

"有机会把耳环掉在这里……"

"一边的耳环掉在了阳台上，是因为咲子在那里待过。说得更清楚一点，是因为咲子和千鹤在阳台上扭打过。如果类似的事在掩体里也发生过……这就是我的想法。"

"……"

千鹤环视掩体的内部。

"你是说咲子是在这里……是在这里被杀害的？"千鹤边说边抱住了自己的肩头。

"我呢，"雄一把盘起的双腿伸向前方，说，"就连冰凿子都觉得有点奇怪。虽然我们说这是凶手藏起来的，但为什么要特地选在这种地方呢？要进掩体，就必须先打开库房的门，然后打开掩体入口的锁。丢个凶器为什么要这么麻烦？其实凶手只要往附近的哪个林子里一扔就行。说得更极端一点的话，洗一洗放回冰柜不就好了吗？沾血的毛巾除了扔掉还能怎么样？完全没必要铆着劲儿地往掩体里藏啊，你们说是不是？甚至还有被人看到的危险。而且最重要的是，藏在这里早晚会被人发现。"

雄一一一打量三人，而他们只是默默地看着雄一。

"我认为不是凶手藏的。这里之所以有冰凿子和耳环，恐怕是因为咲子和凶手在这里搏斗过。并非藏在这里，而是有证据留在了这里——我总觉得这样想比较自然。"

"……"

对话中断了。

## 29

毫无疑问，雄一对这样的想象也不会感到舒服。咲子在囚禁他们的这座掩体中被杀害了——三个月前，这里发生了一桩杀人案。

雄一从地上站起来，走向铁梯。梯子底下的地板上撒满了混凝土碎块。雄一用斜靠在墙上的骨架代替扫帚，把碎块堆扫到墙边。

他取下挂在梯子半当中的手帕，蒙在脸上当面罩，然后从地上拾起冰凿子，爬上了铁梯。

"啊，接下来应该是我。"鲇美在身后提醒雄一。

雄一摆摆手，把头伸进梯子顶端的洞口。

"你去休息。"

雄一用凿尖刺进混凝土的表面。掉在地上的土块看似很多，但凿开的空间还不够大，顶多只有梯盖以上四五十厘米的混凝土被铲掉了。

铲掉混凝土后露出来的内壁是一个向上延伸的铁筒。圆筒壁上每隔约三十厘米安有一个方便人上下的扶手。假如这座掩体真在地下三米深的地方，那就不得不做好"前路漫漫"的心理准备了。

"我明白了！"千鹤突然叫道，"我明白了，雄一先生，你过来一下。"

雄一从梯子上走下两步，好让头从洞穴里露出来。

"你快过来呀。"

"我在这里也听得见。你明白什么了？"

"我想了一下，"千鹤一边走一边说，"不对不对，这事根本不用思考。如果咲子是在这里被杀的，那答案只有一个。"

"答案？"鲇美反问道，"什么的答案？"

"这还用说，当然是指杀害咲子的凶手了。"

"说来听听。"

"你们听好了。咲子是在这个掩体里被杀的，这个没问题吧？"

"没问题啊。"

"正志君也没有异议？"

"算是吧。虽然耳环是哪一边的这个问题还没解决。"

"你还在说这种话啊！"

"不，不……我没有异议。"

"咲子是在这里被杀的。然后，咲子的尸体被塞进阿尔法·罗密欧车，运到了那个崖上。这就意味着，开阿尔法·罗密欧车的人从一开始——也就是从驾车离开别墅的时候开始，就已经是凶手了对不对？"

千鹤一边说，一边观察鲇美和正志的脸。

尽管刚才说过"在这里也听得见"，但千鹤的语调还是让雄一忍不住走下梯子，摘掉了当面罩用的手帕。

"现在，"千鹤继续说，"我们来一一确认每个人所在的地方——也就是阿尔法·罗密欧车驶离别墅时所在的地方。我，还有鲇美在别墅的二楼，我们在二楼听到了汽车开出去的声音，所以驾驶阿尔法·罗密欧车的人既不是我，也不是鲇美。接下来，在车驶离的三十分钟前，雄一先生从 Daisy 给别墅打了个电话。开车还行，但要走路从街市回来，光是抵达别墅就要花三十分钟左右。然后他要进入掩体杀掉咲子，把她搬上车，从时间上讲是非常困难的。这么看来，驾驶阿尔法·罗密欧车的也不是雄一先生。

我说正志君,当时你在哪里?"

"你等会儿!"正志叫道,"开什么玩笑,你在胡扯什么!"

"哪里胡扯了?我们三个可是有确凿的不在场证明的!你说你骑着摩托追雄一先生去了对吧,这个不能作为不在场证明。"

"太过分了!这也太过分了吧!"

"反正就是我们四个人当中的一个。是我们四个人当中的一个杀掉咲子,把她运上悬崖的。现在既然排除掉了三个,那剩下的就只有你了。只有你了呀!"

"不是我!千鹤小姐和鲇美小姐不是都看到我骑着摩托出去,又骑着摩托回来了吗?那可不是阿尔法·罗密欧车!"

"这个嘛,"千鹤摇了摇头,"你可以把摩托车放在阿尔法·罗密欧车的后面。那辆摩托本来就是你塞进你自己的车里带来的。既然打算好了要把车推下悬崖,走的时候备好回程用的工具也是理所当然的。"

"不是我!"正志吼道,"你凭什么敢肯定不是毛利君呢?"

雄一看了看正志。正志抽搐着脸颊,举手指向了他。

"刚才我不是说了吗,"千鹤说,"雄一先生从 Daisy 往这里打过一个电话。"

"你凭什么说那是从 Daisy 打来的?电话这东西在 Daisy 以外的地方也到处都是啊!他也可能是在别墅附近打的电话。不,肯定是这样没错!"

"不是这样的。你就别抵赖了。"

"我没抵赖!"

"当时雄一先生确实在 Daisy。"

"为什么?"

"你不是跟我们一起去过 Daisy 吗？那里的服务生说见过雄一先生。"

"……"

雄一凝视着正志，他的脸颊正在簌簌发抖。

"你忘了一件很重要的事。"正志忽然对千鹤说。

"很重要的事？"

"我们在悬崖上发现了阿尔法·罗密欧车，而看到车掉下悬崖是在早上。那天晚上，我们曾经看到阿尔法·罗密欧车停在那个崖上。"

"没错啊……"

"当时车上并没有尸体。我们在周围搜了一圈，但既没找到咲子小姐的人，也没找到她的尸体，对不对？"

"……"

"然后，从那以后我们就没分开过，对不对？一直跟千鹤小姐和鲇美在一起的我，怎么才能把咲子小姐的尸体再搬上悬崖，连人带车一起推下去呢？我是什么时候做这些事的？"

千鹤张口结舌，与鲇美对视一眼后，又望向了雄一。

"你听好了。"正志继续说道，"阿尔法·罗密欧车坠崖是在我们发现空车之后，以及早上在那里发现车掉下悬崖之前。在这个时段，只有毛利君有单独行动的时间！直到我们去街市，发现他在洗 T 恤为止，他都是一个人。"

说完这段话后，正志仍瞪视着雄一。雄一从他的眼神中读出了敌意。

雄一对正志的话进行了思考。是的，这确实是一个重大疏漏。

载着咲子尸体的阿尔法·罗密欧车被推下悬崖，必须发生在正志、千鹤和鲇美离开悬崖之后。

自雄一在车站前与众人会合后,四个人始终在一起。如此一来,究竟是谁把咲子推落悬崖的呢……

正志向雄一走来,只对他说了一句话:"难道不是吗?"

雄一摇了摇头。

"我也没法……"

雄一刚开口,黑暗突如其来地遮蔽了他的视野。

# 30

对面传来了千鹤和鲇美的惊叫声。

"停电了!"紧挨着雄一的正志叫道。

"不要啊!快开灯啊!"

"雄一先生,你在哪儿?"

"你待着别动,我过去。不要慌!"

雄一一边用脚试探地面,一边往前走。室内黑得伸手不见五指。

"哇!"正志叫了一声,听声音像是撞到了什么。

"怎么了?撞到谁了?"

雄一拿脚探查地面,找到了落差所在的地方,随后他坐下来,用手摸索着下了阶梯。

"不要啊,好可怕!鲇美,你在哪里呀?"

"千鹤，到处乱走是不行的。你先坐下来。"

"你们谁能开个灯啊！"千鹤的语声中已半是哭腔。

"喂，正志！你在哪儿？"雄一沿着墙边走边问。

"我在这里！现在我什么也看不见，到处都是一片漆黑！"

雄一贴着墙慢慢挪动，指尖碰到了一样东西，凭触感他知道是纸板箱。他向前伸出手，让指尖摸到洗碗池的边缘。

"灯为什么会灭啊？是哪里的线路断了？"

这是鲇美的声音。雄一在黑暗中摇了摇头。

"不知道。可能是停电了。如果是停电，应该马上就会恢复。"

"如果不是停电呢？如果是这里的保险丝断了呢？"

"这个说不清楚，不过保险丝熔断都是因为用电过度吧？可这里除了日光灯就没别的了。可能还有空调……"雄一说完这句话后，打了个冷战。

空调……

如果连空调都停了，那这里的空气怎么办？掩体被埋在地下三米深的地方，完全就是一个密室……

雄一抓着洗碗池的边缘挪步。开关应该在洗碗池另一侧的墙上。

雄一的手在墙上摸索，指尖触到了开关的凸起部分。他把开关往上一扳，室内没有发生任何变化。咔嗒咔嗒……他连续拨弄开关。灯压根就不亮。

"喂，正志，你在干什么？"

"灯……灯……"听得出正志的声音在颤抖。

雄一放弃开关，回到原来的地方，然后慢慢向屋子中央移动。他猫着腰，如爬行一般向前走，刚离开墙壁一点距离，就辨不清方向了。

"喂，鲇美！"

"怎么了？"

"你快往墙这边移动。感觉把身子贴着墙会安心一点。"

"明白了。听见了吧，千鹤。"

"等一下，别放开我的手啊！"

"没问题的。对了，把眼闭上比较容易行动。你闭上试试。"

"嗯……可还是很黑啊。"

雄一也试着闭起双目。果然如鲇美所言，合上眼睛更能把握移动的感觉。

一只手冷不防碰到了雄一的胳膊。

"谁？"这是鲇美的声音。

"是我。不要紧吧？"

"啊啊……"

鲇美伸出手，扑上前来。雄一握住她的手，把她引向墙壁。刚抵达墙边，雄一便抱住鲇美的肩头，用空出的另一只手握住千鹤抓着自己膝部的手，把她拉到近旁。

"喂，正志，你也到这里来。我们扎个堆。"

雄一以背抵墙，两只手分别抱住鲇美和千鹤的肩。

"请等一下，我马上就……啊，是在哪边啊？我完全找不到方向了。"

"这里这里！你应该听得到声音吧？你也闭上眼睛试试，闭上了就容易走了。"

"啊，好的……"

千鹤牢牢地抓住雄一的胳膊，都把他捏痛了。雄一知道她的额头正紧紧地贴着自己的胳膊。鲇美则把头轻轻地搁在雄一的肩头上。

"喂，正志，你在干什么呀！我们在这里！"

"呃，我记得……嗯……是在这附近。"

"你在找什么？开关的话，刚才我已经试过了。开关不在那边，是在这里的洗碗池的旁边。"

"啊，找到了！对对，就是这个……"

下一个瞬间，天花板上的灯亮了。

"啊……"身边的鲇美叫了一声。

雄一吃了一惊，抬头望向天花板。橘色的灯光忽明忽灭，以缓慢的周期反复循环。随后，他将目光投向了正志。

正志正站在门边那个像水压阀一样的装置旁，旋转上面的曲柄。粗管上方发出了刺耳的吱吱声。

雄一放开鲇美和千鹤，站起身来。

"这是什么？"

"好像是手摇发动机。转快一点的话灯会更亮。你看。"

正志加快了旋转的速度，天花板的灯光也随之变强了。

雄一抬头看了看天花板，现在亮着的不是日光灯。两根灯管与管道之间安着的两个小灯泡，正依靠曲柄的转动在发光。

之前千鹤转动过曲柄，雄一也尝试过。当时什么也没发生，可能是因为没在停电状态下——多半就是这样的构造。

"换气装置好像也在运转，有吹风的声音。这里毕竟是防核掩体，所以需要这样的装置吧。真到核弹落下来的时候，可是很难保证电气供应的。"

正志一边转动曲柄一边说。雄一回头看了看仍贴墙而立的鲇美和千鹤。她俩正默默地注视着正志。

雄一缓缓将视线移回到正志身上。

"正志。"他低声说。

正志抬头看着雄一。

"正志，你为什么会去转它？"

"嗯？"正志眉峰一挑，"还不是为了让灯……"

"你是怎么知道转了这个，灯就会亮的？"

"……"

正志的手离开了曲柄，天花板的灯光不紧不慢地暗了下来。雄一握住他放开的曲柄。灯光恢复了原样。虽然没日光灯那么亮，但在屋内走动已毫无障碍。雄一转动着曲柄，再次发问。

"你是怎么知道的？"

"不……一开始我也不知道。"

"一开始不知道？"

"是的……我手碰到了这个，所以就试着转了一下。结果灯就亮了。"

"不对，你一开始就在找这个曲柄。"

正志长吸一口气，倒退了两三步。

"一开始我确实不知道……"

"你以前来过这里吧。"

"不，不……不是的。我……不是的。"

正志一屁股坐倒在地上。

雄一一边旋转曲柄，一边观察鲇美和千鹤。两人始终保持沉默。

"你以前和咲子一起来过这里吧？"

正志摇头。

"你是在那个时候知道这是手摇发电机的吧?"

"不是的。真的不是我。我没有杀咲子。"

"那你说,你是怎么知道的?"

"一开始我不知道……我真的不知道。"正志抬起头说,"我们不是一直在一起的吗?我们没分开过对吧?我要怎么做才能把阿尔法·罗密欧车推下悬崖啊?不是我干的,不是我!"

"……"雄一望着正志。

正志缓缓起身,走到吊床底下坐下来,抱紧了自己的双膝。

无人说话,唯有发电机和空调的运转声在掩体中回响。

# 31

雄一不停地旋转曲柄。

手上能感觉到轻微的阻力,可能是某处安有飞轮式的机械构造。旋转力伴随着惯性,感觉就像撑起自行车架后用手转动脚踏板,倒不如说是一种令人舒爽的阻力。持续旋转时,雄一觉得胳膊好像正在有节奏地调整室内的亮度。

雄一不再关注正志。正志没有离开原位的意思,他保持抱膝的姿态,两眼无神地望着地面。

鲇美和千鹤也始终以背抵墙,默不作声。已无话可说或许才是真正的原因。之前的那些对话一路持续下来,早晚会抵达这一瞬间，这是明摆着的事。然而，明白归明白，当这一瞬间真的到来时，谁都不知道该如何是好。

雄一一边转动曲柄一边思考。

正志杀害了咲子……

事实上，他是唯一有机会驾驶阿尔法·罗密欧车的人，还知道这里有手摇发电机。

但是，正志否认了这一点，说自己不可能把阿尔法·罗密欧车推下悬崖。

确实不可能。

假如正志是凶手，那他就是在单独行动的时候——在他声称受鲇美之托去追雄一的那段时间里杀的人。

他让千鹤去二楼的卧室，自己一个人来到庭院。这时鲇美回来了，问他借车钥匙。正志对鲇美说他去追雄一，拜托她去看看千鹤的情况。鲇美上二楼后，他的单独行动时间就开始了。

鲇美和千鹤在二楼待了一会儿。千鹤说要回东京，鲇美劝她再等一下。争论之间，两人听到了车开出庭院的声音。

她俩在二楼的时候，咲子在这座掩体里被杀害了。

能做到这一点的人只有正志。

正志把咲子的尸体搬进阿尔法·罗密欧车，意识到回来时没有交通工具，就把摩托车也塞了进去。他坐进驾驶席，发现里面太挤，就把座位往后调整到适合自己体型的位置。为了不被二楼的那两位看到，他急匆匆地开车驶离了别墅。

当然，这时正志多半已想好怎么处理咲子的尸体。他是用冰凿子行的凶。如果尸体就这么被发现了，警方显然会按杀人案来处理，展开调查。正志打算让它变成一场事故。只要把人和车一起推下悬崖，不就能伪装成事故了吗？

而咲子的死确实是按事故来处理的。这也是因为她的尸体被潮汐冲走，两个月都没能找到。发现时，被鱼啃食过的尸体已有一半化作白骨，影响了警方对真正死因的判断，使正志的计划得以成功。

但是……

如果这个推理是正确的，那鲇美和千鹤就不可能看到停在崖上的阿尔法·罗密欧车。然而，在正志骑摩托车返回别墅，三人一起去悬崖时，却看到咲子的车停在那里。

正志回别墅后，一直跟鲇美和千鹤在一起。在街市会合后，雄一也始终没和他们三个分开过。正志在骑摩托车回来之前，才有机会把载有咲子尸体的车推下悬崖。

把阿尔法·罗密欧车推下悬崖的人不可能是正志。

进而，这一点也同样适用于鲇美和千鹤。包括雄一在内，没有人能把车推下悬崖。

雄一想难道是外人？但他很快就否定了这个想法。这不可能，无法想象某个陌生人会在掩体中杀害咲子。而且就算发生了这种事，一个外人又有何必要耗费精力，把杀人案伪装成事故呢？

那么，阿尔法·罗密欧车为什么会载着咲子的尸体坠入海中呢？明明没有一个人能做到这件事。

"你们不觉得很闷热吗？"

鲇美一边用手在脸旁扇风一边说。随后，她站起身，走向雄一。

还真是的……雄一扫视着掩体内部，感觉气温确实在一点点上升。他加快了旋转曲柄的速度，天花板上的灯变亮了，风扇的转动声也响了一些。

"换我来。你休息一下。"鲇美伸出手。

"不用,我不是很累。这个不需要多大的劲。"

"别废话,让我来。"

雄一耸了耸肩,和鲇美换了个位置。鲇美接手后,灯的亮度一度忽明忽暗,不久便稳定了下来。

雄一将目光投向正志。正志仍坐在原来的地方,保持着原来的姿势。雄一走到洗碗池前,放水洗了手和脸,随后去铁梯那边取手帕。从正志身前走过时,正志也纹丝不动。

"我也要洗一下。"千鹤从墙边站起来,"啊啊,真想洗个热水澡啊。"

说着千鹤卷起了袖管。突然,她又转身对雄一说:"擦完了也借我用一下。"

"好啊。"

雄一擦完手和脸,把手帕送到千鹤面前。千鹤道了声谢,接过手帕,也不知是想干什么,竟解起了罩衫的纽扣。

"……"

发现雄一正在看自己,千鹤扑哧一笑,背过身去,脱下了罩衫。

"别这么盯着看呀。"

千鹤说着又脱下了裙子,只着内衣,用水浸湿手帕再绞干后,开始擦洗身子。白皙的肌肤表面,被擦到的地方有些发红。她的胸部丰满,腰身线条紧致。

"风景很靓丽啊。脱都脱了,全脱光多好。"

雄一说着,笑了起来。他看了一眼鲇美,只见她也点了点头,似有同感。

"很遗憾,"千鹤边擦身子边说,"我可不想给你们那么好的服务。"

"不过嘛，半吊子的服务往往更有感觉。"说着，雄一看了一眼没关的水龙头，"千鹤，你可别嫌我啰唆，你能不能用完水就关一下啊。这里停过电，水也未必是无限的。"

"啊，对不起！"千鹤慌忙拧紧水龙头。

雄一的目光离开擦拭身子的千鹤，转回到鲇美身上。鲇美朝他耸了耸肩，微微一笑。

雄一坐了下来。营养食品的空盒滚落在膝边，上面搁着咲子的耳环。他把它拿起来，放到手上。

银色的小耳环在掌心滚动。连在细链一端的圆珠摇摇晃晃，划出了一道道半圆弧。

雄一想，当时尸体到底在哪里呢？

正志、鲇美和千鹤三人在崖上发现阿尔法·罗密欧车时，里面是空的。他们在附近搜索了一番，但哪儿都不见咲子的身影。

在后车厢里……

雄一觉得有这个可能。

不管怎样，既然阿尔法·罗密欧车在崖上，理应认为咲子的尸体已经被搬到那里。后车厢里……

不对。雄一再次凝视手中的耳环。随后，他把手移到空食品盒的上方，丢下耳环。

也有可能已经在海里了吧。

是的，车和尸体没有必要一起掉下去。阿尔法·罗密欧是敞篷车，一旦坠落，尸体终究会掉出车外，完全不需要同时推下去。

把尸体和车弄上悬崖，留下车，只把尸体抛进大海。

雄一再次将目光投向正志。

这家伙并非想伪装成事故，而是想伪装成自杀吧？

不对，不对……雄一暗自摇头。事实上，车也掉海里去了。问题不在于尸体，阿尔法·罗密欧车才是关键。

没人相信咲子会自杀。就连正志也深知她的性格。这个计划从一开始就是奔着伪装成事故去的。

可是，阿尔法·罗密欧车为什么会掉下海呢？

疑问又回到了同一个地方。

正志把阿尔法·罗密欧车留在崖上，骑摩托车回到别墅。

把车留在崖上……为什么要这么做？

可以想象出其中的原因。

正志的目的是要把咲子的死伪装成事故。但事实上这并不是事故。咲子是被冰凿子刺死的，尸体上当然也留下了刺痕。

正志再聪明也不可能制定出一个计划，让尸体在两个月后才被发现。两个月没被发现只是运气好，正志不会天真到从一开始就期待是这样。

发现车的同时，咲子的尸体也被捞起——这样的可能性完全存在，也是最正常的想法。这时，残留在咲子尸体上的杀人痕迹恐怕会将他逼入绝境。总之，第一个会受到怀疑的人就是正志。

三人准备出门找咲子和雄一时，千鹤主张下坡去街市，但正志反对。他说他骑摩托车从街市回来时，没跟咲子的车碰过面，如果咲子去了街市，应该会和他擦身而过。

他为什么要这么说？当然是为了让鲇美和千鹤看到崖上的阿尔法·罗密欧车，为了让她们确认当时车还没从崖上掉下去。

然后，早上正志又开车去了悬崖，这次是为了让大家看到坠入海中的阿尔法·罗密欧车。于是情况就变成了坠海必然发生在两次上崖之间，而正志在此期间从未和大家分开过。

正志为确保自身安全，将阿尔法·罗密欧车的坠海时间纳入了拥有明确不在场证明的时段内。

那么，他是怎么办到的呢？

雄一想起了崖上的情景。四人坐正志的车抵达时，崖上正沐浴在晨光之中。

"是停在这一片没错吧？"千鹤站在斜坡的中段说。她的脚下散落着被露水打湿的报纸。

"应该更靠近那边吧。"正志一边说一边在更靠近崖边的地方来回走动。他的脚踢飞了一个可乐罐，罐子滚下斜坡，坠向了大海。

"你们快过来！"

没过多久，千鹤就看着崖下叫了起来。在崖下的乱石中，可以看到只有尾部露在波涛之上的红色阿尔法·罗密欧。

是什么把那辆车推下去的呢？

有可能设计出自动开启引擎、让车跑起来的装置吗？当然，这个装置绝不能被警察看破。

雄一觉得不可能有这样的装置。或许能做出自动开启引擎或踩下油门的装置，但警方不可能视而不见。最重要的是，正志应该也没时间做如此复杂的手脚。

"好了，这次我替你。"千鹤对鲇美说。

不知何时千鹤已穿好衣服，开始转动曲柄。鲇美去洗了手和脸。她没脱衣服。

雄一从正志身边走过，从铁梯底下捡起冰凿子。正志根本不看雄一，仿佛彻底失去了意识。他只是紧抱双膝，眼睛盯着前方的地面。

雄一爬上铁梯，操起冰凿子向混凝土扎去。

"……"

雄一突然停下手，凝视起冰凿子的尖头。

散落在千鹤脚下的报纸，正志踢飞的可乐罐。

红色阿尔法·罗密欧坠落时的情景在脑中浮现后，旋即消失。

雄一闭上了眼睛。

原来是这样……

雄一慢慢走下刚登上不久的铁梯，放下冰凿子，在正志旁边坐下。

"正志，我全都明白了。"

正志抬起头，眼神恍惚地看着雄一。

# 32

"明白了？"正志的声音有些嘶哑。

雄一点头说："我终于知道你做了什么。"

"你都知道什么了？"

"阿尔法·罗密欧车坠崖的缘故。"

"……"

一瞬间正志圆睁双目，随即又将视线落回地面。

"看来你懂我的意思了。"

"我不知道你在说什么。"

"那我就给你解释一下吧。"

"我不想听。"正志摇头。

"为什么？"

"反正毛利君已经认定我是凶手了吧？你们全都这么想。你们全都把我当凶手看。我没杀咲子。毛利君明明说过，要先从相信对方开始。这话只是胡扯吧！你并不相信我。"

"是的，因为你就是凶手。我就是这么想的，我已经不得不这么认为了。"

"等一下！"对面的鲇美叫了起来。

鲇美奔到雄一身边，说道："雄一先生，你到底想说什么？"

"我想告诉你们，正志是怎么处理尸体的。"

"打住！求你了！"

"……"雄一不解地看着鲇美，"为什么？"

鲇美神情悲伤地摇了摇头。

"你不该这么做。你要把人逼成什么样才甘心啊？已经够了，停手吧。现在大家已经心乱如麻了，再这么继续下去，只会让我们的心情变得更糟。求你了，还是收手吧。"

"鲇美……"

鲇美眼中隐隐泛出泪光。雄一看了看鲇美，又看了看正志。

"鲇美，你是要包庇正志吗？"

"我指的不是正志君一个人！"鲇美吼叫似的说，"我指的是大家。我、千鹤、你都包括在内。你为什么就不明白呢！"

"我说……"千鹤在手摇发电机前一边转动曲柄一边说，"如果鲇美的心意里也有我的一份,那我倒是想听听雄一先生的话。"

鲇美瞪视着雄一。雄一摇了摇头。

"你的心情我很理解。"

"你不理解!"

"不,我理解。但是,我觉得还是把事情说清楚比较好。如果不说清楚,我们之间还是会留下微妙的芥蒂。就算糊弄过去,也一样会留下糟糕的心情。"

"没法让你罢手是吗?"

"就让我们进行到最后吧。"

"哪里是最后?"

"现在就是最后。"

"……"

鲇美闭上嘴,轻轻摇了摇头。她走到房间的另一侧,沿墙边坐了下来。

雄一注视了鲇美片刻,又缓缓将目光投向正志。

"我知道你做了什么。"雄一又说了一遍。正志的眼睛始终望着地面。

"你利用了冰。"

听到这话,正志的脸颊抽搐了一下。

"冰……"对面的千鹤低语道。

"我觉得你的想法很厉害。冰柜的盖子一直开着,我以为这是咲子干的。因为事实上是咲子从里面拿出冰凿子的。"

"……"

"但是,打开冰柜盖子的人其实是你。你在这座掩体里杀死了咲子。当然你并没有杀意,这个我相信。多半是咲子冲着你过来了，你想躲开她，在推搡之间惨剧发生了。然而，你还是害怕了。咲子的死使你方寸大乱。尸体必须想办法处理掉。你拼命思考能否伪造一起事故，于是就想到了用汽车来解决问题。"

　　雄一的视线离开了正志。他调整坐姿，与正志面对同一方向，凝视着前方的墙壁。

　　"你把咲子的尸体搬进了阿尔法·罗密欧车。为确保回来时有交通工具可用，你又往车上放了摩托车，然后火速开车赶到悬崖。不知是最初这么计划的还是你在悬崖上想到的，总之你意识到如果就这样把车推下去，自己就没有不在场证明了。接下来是我的猜想：你先把咲子的尸体抛入大海，然后把阿尔法·罗密欧车开到崖上斜坡的中段处；你让车头对着崖边，保持空挡状态，拉上手刹，再从里面搬出摩托车，骑着它回了别墅。"

　　千鹤转动曲柄的声音比之前响了一点。

　　正如鲇美所言，掩体内部渐渐闷热起来。也许是送风机的换气能力在手摇发电的情况下变弱了。

　　"你们在别墅待了一段时间后，准备来找我和咲子，坐的是你的车。你瞒过千鹤和鲇美，把冰柜里的冰块包进报纸，放回冰柜，再把冰柜藏进后车厢。千鹤建议去街市找，你反对，并提议去另一个方向找——也就是悬崖那边。你在去悬崖的路上，巧妙地让车头灯照向阿尔法·罗密欧车，使鲇美和千鹤发现崖上的车。然后你走到车旁，说咲子应该就在附近，建议大家去找。你让鲇美和千鹤拿上手电筒，趁她俩走远的工夫，从后车厢取出冰柜——不，应该是冰柜里的冰——用冰卡住前轮胎。之所以拿报纸包起来，是因为裸露的冰会滑走。你确认冰已牢牢地卡在轮胎和地面之间后，慢慢放下手刹。这时车不会动。只要干得漂亮，用拳头大小的石块也能让车停住，而你则是拿冰当刹车装置。然后你只需插入车钥匙，接通电源就行了。这时没必要发动引擎，发动了反而坏事。到这里，一切都已设置完毕。最后你要做的无非是趁千鹤和鲇美还没发现你动的手脚，早早地离开悬崖。你们搜索了一圈，没找到咲子，于是就准备去街市。一旦离开悬崖，你就安全了。接下来就只等冰融化了。由于车被挂在空挡位，只要'冰刹车器'一融化，车就会慢慢地向崖边移动，然后掉下去。不过，在车站前载上我，大家一起回到别墅后，你还有工作要做。你再次趁我们不注意，把冰柜从后车厢搬了出来。为了不让我们发现冰没了，你又往冰柜里倒了水。盖子一直开着，里面又有水的话，我们就会以为是冰自己融化了。"

雄一看了正志一眼。

正志闭着眼睛，垂落在额前的头发在微微晃动。

"这就是你做过的事。没错吧？"

正志的喉咙里发出了干咳似的声音。

"我已经……"正志喃喃自语似的说，"无所谓了。我什么也不知道。随你的便吧！"

他突然站起来，径直奔到铁梯边，蜷身蹲了下去。

"正志！"雄一大吼一声。

正志再次起身，转向雄一，手里握着那把冰凿子。

## 33

"正志！你要干什么！"

雄一想上前去，正志却用冰凿子指着他，凿尖簌簌发颤。

"正志君！"身后响起了鲇美的声音。

灯渐渐地暗了下来。

"千鹤！"雄一两眼不离正志，叫道，"别停手！快转起来！"

千鹤呼吸一滞，室内再次恢复了光明。

"听我说，正志……"

"别过来！你们不要过来。"正志举着冰凿子喊道，"你们不相信我，反正你们是不会相信我的。我没杀人！我没杀那个女人。那个女人根本不值得我去杀！"

"正志，"雄一缓缓举起双手，"正志，冷静下来！把这个放到地上去。"

"闭嘴！你最了不起是吧？到处耍威风，你就那么了不起吗？"

"你要冷静！你这么做毫无意义。"

"没听见我叫你闭嘴吗！"正志挥舞着冰凿子大吼大叫，"你听好了，我没杀人。啊啊，处理尸体确实是我做的，是我把它扔下悬崖的。但是，人不是我杀的！"

"……"

雄一皱起眉头，凝视正志。

"你不相信吧。可不是吗，对你来说，我就是一个阻碍。因为我跟鲇美有婚约，所以我妨碍到你了。"

"正志，你听我说！"

"别扯谎了！说起来，这一切的发生都是因为你引诱了鲇美。你肯定不知道吧，鲇美为了这个不知受了多少苦。"

"正志君！不要再说了！"身后的鲇美叫道，"求你了，别说了。"

"鲇美你也给我闭嘴！你们听我说！我没有杀人。我进这个掩体的时候，那个女人已经死了。我知道是谁干的。凶手就是你，毛利君！"

"……"

"你抛弃了那个女人，抱着想把鲇美占为己有的肮脏念头，结果被那个女人知道了，所以你嫌她碍事就把她杀了。是你在这个掩体里杀掉了那个女人！我不想让大家陷入麻烦，所以把尸体处理掉了，仅此而已。"

正志握着冰凿子的手在剧烈地抖动。

雄一一边估算自己与正志之间的距离，一边缓慢地向前挪步。正志的喉头激烈地上下起伏。贸然动手会很危险。要出手就得一招制胜。否则不光自己这边危险，正志那边也有受伤的可能。

"我是相信你的，正志。"雄一控制住语声，"你没有杀人，只是处理了尸体。"

"别信口开河了！你才不会相信我呢。从一开始你就认定我是凶手。"

"不是的！"吼叫的同时，雄一抬脚踢向了正志的手。

"呜哇！"

正志手中的冰凿子飞上了吊床。雄一扑向正志，硬生生地把他按倒在地上。

"放开我！"

正志在雄一身下拼命挣扎。雄一抓住正志的衣领，把他拖起来，朝他脸上狠狠地打了一巴掌。正志停止了挣扎，吃惊似的圆睁双目，咽了一口唾沫。

"雄一先生！"

鲇美喊了一声，跑到两人跟前。雄一抬手拦住她，对正志说："你给我冷静下来！很抱歉我打了你。总之你先冷静一下。"

"……"

雄一放开正志的衣领，拍拍他的背，让他坐下。

"我没有杀人……"正志嘟囔着说。

"我知道。"雄一朝他点头。

雄一站起身，用眼神示意鲇美照看正志，随后往吊床上望了一眼。冰凿子戳在了毛毯上。雄一拿着冰凿子来到洗碗池边，把它放入池中后，转身面向千鹤。千鹤正一脸茫然地转着曲柄。

"换我来。"

"什么？"

"换我来转这个。"

"啊……好好。"

雄一替下千鹤，开始转动曲柄。衬衫因汗水的缘故紧紧地贴住了身子。夹杂着后悔与不安的情绪令雄一感到窒息。

鲇美从正志身边站起来，朝雄一的正面走来。她目不转睛地注视着雄一，脸色有些苍白。

"雄一先生，正志君说他没有杀人。"

"嗯。"

"你知道这意味着什么吗？"

"……"雄一抬眼看着鲇美。

"正志君可是这么说的,他没有杀人,只是把尸体抛下了悬崖。"

"鲇美你……"千鹤在一旁插话道,"正志君他……"

"你给我闭嘴!"

千鹤被鲇美的语气震慑住了。

"你不是要进行到最后吗?"鲇美说。雄一摇了摇头。

"为什么摇头?"

"已经结束了。"雄一避开鲇美的目光。

"看着我。"声音虽轻,但语气强硬。

"雄一先生,看着我。"

雄一抬起眼睛。

"还没有结束呢,不是吗?"

"不……已经结束了。你说得对,从一开始我们就不该这么做。还是让它结束吧……"

"不行!"鲇美叫道,"你说了要进行到最后的。既然如此,那就把事情做到底!"

"鲇美……"

雄一看到鲇美眼中噙满了泪水。泪水划过脸颊,滴落在她的胸前。

## 34

"你什么都不明白。"鲇美颤声说,"正志君只是把咲子的尸体从这里搬出去了。"

"鲇美,我已经明白了。你不用说了。"

"我要说!"鲇美的声音像是硬挤出来似的,她用手背擦去眼泪,"你明白什么了?你真的明白了?"

"鲇美……"对面的正志开口了。

"正志君,你也给我闭嘴!"

雄一皱着眉盯视鲇美。

"雄一先生,正志君只是把咲子的尸体从这里搬出去了。也就是说,杀死咲子的另有其人。这个人会是谁呢?"

"鲇美……你等一下。"

"你先听我说,"鲇美摇头说,"我就学你和千鹤的样,也来做一次逻辑推理吧。正志君进入这座掩体时,咲子的尸体已经在里面了。所以,杀死咲子的是之前有独处时间的人。而这个人就是我。"

"等一下,你在说什么呀。"

"别拦我。以上不是推理,而是事实。是我求正志君处理尸体的。"

"……"

雄一睁大了眼睛,只是摇头。他差点松开转动曲柄的手,又慌忙握紧。

正志站了起来。

"鲇美，你不要说谎！这种事……"

"闭嘴！"鲇美打断正志的话头。

"你不要说这种蠢话。"雄一注视着鲇美说。

"这不是蠢话，是事实！"

"骗人！正志也有……"

"不是正志君干的。这个我已经说过了。"

"难以置信。"

"为什么？"

"你是不会杀咲子的。"

"那我问你，正志君为什么要把冰凿子留在这里？"

"你说什么？"

"冰凿子啊。正志君为了制造不在场证明，想出了'冰刹车'的主意；为了不让我们觉得没有冰不自然，还往冰柜里倒了水。正志君连这些事都没忘，又怎么会把冰凿子留在这里呢？"

"因为他忘了……"

"当然不是。因为正志君压根就不知道啊。"

"……"

"正志君不知道冰凿子是凶器。"

雄一看了一眼站在鲇美身后的正志。正志不住地摇头。

"正志君看到我站在掩体的入口处，就过来了。他问我在干什么，因为当时我正呆呆地站在库房门口。那时掩体的入口还开着，钥匙就在我的手中。"

"鲇美，打住！"

鲇美对雄一的话只是摇头。

"你好好给我听着，正志君发觉我样子怪异，就往掩体里张望了一下。梯子底下横躺着咲子的尸体。正志君问我这是怎么回事，我答不上来。我不敢相信自己做下的事，连话也说不出来。正志君问'是不是你杀的'，我点了点头。结果正志君对我说，这事由他去处理。他说'没问题的，这事包在我身上，我会处理好的。你把钥匙给我，然后去二楼。千鹤就在二楼'。我摇头说我办不到，这样不行。正志君对我说：'你去二楼拖住千鹤，不要让她下楼，所有的事都由我来解决，你不用担心。'"

"怎么会……"雄一觉得自己的脑子已化为一片空白。

怎么会有这种事……骗人的吧！

掩体内已没了亮光。雄一的手离开了曲柄。有人推开雄一，转起了曲柄。是鲇美。

雄一坐倒在地上，眼前的地面忽明忽暗。

这不是真的……

"不是的，"正志说，"不是鲇美干的，是我。鲇美在袒护我。"

"正志君，"鲇美的语声恢复了温柔，"是你在袒护我，而不是我在袒护你。"

"不是这样的。毛利君，"正志蹲下身子，"你的话，应该明白谁说的是真话吧？鲇美从一开始就知道是我干的，却没吭声。鲇美为了我，一直在试图阻止这样的讨论。我……"

"正志君，"鲇美阻止他说下去，"虽然很对不住你，但这不是事实。你的心意我明白，我也很开心，但事实并不是这样的。"

"鲇美……"

"我没有袒护你。"

雄一望着鲇美。鲇美似乎正在微笑。

"都是胡扯……"

雄一刚开口，鲇美便摇了摇头。

她看着雄一说："但这就是事实。"

"怎么可能！那你说到底发生了什么？鲇美，最关键的部分你还没讲到呢，对不对？你想说是你杀了咲子？"

"是啊。"

"那我问你，为什么会发生这样的事？"

"因为咲子想杀我。"

"想杀你？"

"我不知道她是不是真心想杀我，但她确实冲着我来了。"

"这事发生在什么时候？"

"就在你刚跑出别墅的时候。我想你这是怎么了，就撇下林子里的千鹤和正志君，回了别墅。这时咲子出现了，手里拿着冰凿子。她一看到我就脸色大变，一边说'你还敢回来'一边朝我冲过来。我转身就逃，逃到了别墅背后，在库房前被咲子追上了。然后我们就扭打起来，等我回过神的时候，冰凿子已经戳在咲子的头颈上了。"

"……"

"我心想这下糟了，就打算把咲子的尸体藏进库房。这时我想起了掩体，就考虑把尸体扔进去。我打开锁，先把冰凿子丢了下去，然后把咲子拖到入口处。她身子太沉我抬不起来，所以就直接把她推下去了。正在这时，正志君来了。"

"我说……"先前一直没吭声的千鹤说，"鲇美，这是真的吗？"

"当然是真的。"

"总觉得有点奇怪啊。"

雄一抬眼看着千鹤。

"哪里奇怪了？我说的可都是实话。"

"明明在说杀人的事，可你的说话方式给人一种你很痛快的感觉。这个也就算了，主要是有些地方听起来很不真实。"

"因为我真的很痛快啊。把一直闷在心里的话说出来了，所以才会这样不是吗。"

"不，不是的……现在这样说话有点困难，正志君，你还不快去把鲇美换下来！"

"啊，好的……"

正志按千鹤的命令，替鲇美转起了曲柄。

"鲇美，你坐到这里来。"

千鹤自己也坐了下来，一边让鲇美坐到雄一的跟前。

"雄一先生，你是怎么想的，你不觉得有点奇怪吗？"千鹤看着雄一。

"鲇美……"雄一摇头说，"鲇美是在说谎。我很难相信她杀了人。"

"所以说嘛，"正志一边转动曲柄一边说，"鲇美是在袒护我。"

鲇美一个劲儿地摇头。

"我说，"千鹤再次面对鲇美，"你应该是跟咲子吵架了吧？"

"是啊。"

"但我没听到啊。"

"……"鲇美盯视着千鹤。

"我可没听到鲇美和咲子吵架的声音。"

雄一抬头望向千鹤。

"这还用说……千鹤和正志君都离得很远不是吗？"

"我们确实是在林子里。但那里又不是大都市，而且当时快到傍晚了，周围非常安静，安静得简直可怕。虽然离着远，但别墅那边要是有什么声音，我还是能听到的，更别说吵架了，对吧？如果是那种怒吼声，我想我绝对能听到。"

"我们没弄出多大动静，而且风向也会对声音的传播带来巨大影响啊。"

"没弄出多大动静？咲子一边说'你还敢回来'一边朝你冲过来了，这是你说的吧？在这种时候，一般都会发出很响的声音。我想鲇美你也一样。"

"详细的情形我想不起来了。不出声的情况也是有的吧。你为什么要说这些？这也太奇怪了吧，千鹤不是一直想锁定凶手吗？为什么我一承认自己是凶手，你就说我在撒谎呢？"

"因为我很难接受你的这套说辞。好吧，我再问你一件事。你的话里出现了冰凿子，但没有出现毛巾和耳环，这个怎么讲？"

"我只是没说罢了。当时咲子还拿着毛巾。"

"喂，这个可能吗？"

"嗯？我不太懂你的意思。"

"咲子冲过来想杀你，结果却是右手举着冰凿子，左手拿着毛巾？"

"……"

"有必要拿毛巾吗？"

"对啊，为什么要拿毛巾呢？"雄一盯视着鲇美的脸，中气十足地问道。鲇美摇了摇头。

"不知道。这是咲子做的事，我怎么知道？"

"那耳环呢？"

"当时应该还在咲子的耳朵上。"

"这就不对了。耳环应该是在你们吵架的时候掉的——咲子的另一个耳环就是在跟我吵架时掉的。既然如此，就应该掉在库房前。"

"是在我把尸体推下去的时候吧？反正我不知道是什么时候掉下来的。"

"鲇美，"千鹤打量着鲇美的脸，"你在故意搅浑水。"

"搅浑水？"

"没错，一直就是这样。你讨厌谈论案子的事，也反对追查凶手。但是，正志君把尸体推下悬崖的事已经得到证明，你为什么要神神道道地说凶手是自己呢？"

"等一下！你这算是怎么回事？我都说了是我干的，是正志君帮我处理尸体的。这不就结了吗？"

"结不了。"雄一摇头，"告诉我，你为什么要撒谎？"

"我没撒谎！"

鲇美怒视雄一，咬着嘴唇从地上站起来，径直走出房间进入卫生间，关上了门。

雄一一动不动地望着卫生间的门。

鲇美……

"真是搞不懂了。"千鹤一边摇头一边说。

雄一仍死死地盯视着卫生间的门。

## 35

不明白鲇美的心思。

她是在袒护正志?

雄一想,要袒护的话就该在这之前袒护。雄一要揭穿正志的罪行时,鲇美说不要这么做,求雄一罢手。

真想袒护的话,那时她就会说"是我杀了咲子"吧。如果鲇美不想让雄一对正志穷追猛打,就应该这么做。

那么,难道正如鲇美自己所说,杀死咲子的人是她?

雄一希望她"没有"那么做。他希望鲇美"没有"隐瞒杀人的罪行,而非"没有"杀人。

鲇美不会隐瞒自己犯下的过失,她不是那种人。杀了咲子,让正志处理尸体……这种事她做不出来。

鲇美在说谎。

无须再追究千鹤的疑问,鲇美就是在说谎。

可是她为什么要说谎呢?

鲇美一直没出卫生间。

突然,雄一想起了鲇美在卫生间门前对自己说过的话。

——不知道就不知道吧,这样是最好不过的。

那到底是什么意思?

不知道为好。鲇美这么说是因为不想让雄一知道她是凶手……是这个意思吗?

那么,之前鲇美企图阻止大家追查凶手,都是为了向雄一隐瞒这一点吗?

三个月前，鲇美对雄一说"我喜欢你"。在海边乱石堆的背后，在林间小道上，在别墅的庭院里，她反复地说着"我喜欢你"。

那些全都是谎话吗？

杀死咲子后，她没有求雄一处理尸体，而是让正志代劳。她什么都没有告诉雄一。

"我喜欢你"是谎言？

这不可能。

鲇美说这句话时，总是凝视着雄一的眼睛。说"我喜欢你"时，她的双眸直视着雄一。这不是谎言，如今鲇美依然保有那时的眼眸。

那到底是为什么呢？

雄一觉得呼吸困难。掩体内闷热异常，互相紧握的双掌被汗水沾湿了。他将空气吸入胸中，吐出，然后再吸入。室内只能听到正志连续转动曲柄的声音和风扇在天花板上发出的轻微轰鸣。

为什么没有人来救我们？

好希望谁来救我们。我们究竟该怎么办呢？

——让我受这样的委屈，我一定会让你后悔的。我要让你知道我的厉害！

咲子的话在脑中回响。

"我要让你知道我的厉害"指的就是这个吗？也就是说，你的母亲继承了你的遗愿？

然而，我不后悔喜欢上了鲇美。我后悔一时之间对你着了迷，但对鲇美，我没有任何可后悔的地方。

就算真的是鲇美杀了你……

如今雄一最后悔的是，那时只有自己离开了别墅——与咲子发生口角，一气之下独自一人去了街市。不该离开别墅的。

只要自己还在别墅,就不会发生杀人案。雄一所做的只是给别墅打了个电话,然后是独自喝闷酒。当时,雄一的脑子里只有对咲子的怒火,以及叫出鲇美一起回东京的冲动,仅此而已。

这么想来,雄一打那个电话时,咲子已被正志运上了悬崖。

不该离开别墅的。

雄一把自己的拳头贴到嘴前,一口咬住。

电话……

他看了看拳头,拇指关节上留下了一个牙印。

电话……

雄一循着记忆回想往事。某样东西在他心中痉挛似的翻转了过来。

从 Daisy 打往别墅的电话。

电话是千鹤接的,然后又转给了鲇美。

——你快离开别墅,到我这里来。我想和你说话。

——我明白。但是现在不行。

——不行?为什么?我可不想再待在那个地方了。

——嗯。不过没关系。你听我说,真的不会有问题的。

——鲇美……

——现在不行。你再等等。

——我不会再回别墅了。

——……

——你把行李理好,然后出来,跟我一起回去。

——雄一先生,求你了。

——为什么?是因为正志吗?

——不是的。只是咲子那边的事，我要好好处理一下。
——好好处理？没可能好好处理的。已经结束了，全都结束了。
——没问题的。会顺利的，一切都会处理好的。


"会顺利的"是什么意思……

雄一和鲇美的事被咲子知道后，所有的人际关系都崩塌了。鲇美想修复关系——当时雄一对她的话是这么理解的。

但是，那时咲子已经被杀掉了。

如此一来，鲇美说"会顺利的"指的是什么？她说要好好处理咲子那边的事，这话是什么意思？

雄一摊开拳头，将视线投向卫生间的门。

那时鲇美已经知道咲子死了？

如果鲇美的话没错，也即是她杀了咲子，让正志处理尸体，那这些话从她嘴里说出来可就不太自然了。

又或者她是想说咲子死了，两人之间再无阻碍，所以"会顺利的"？

难以相信鲇美会这么想，这也太冷酷无情了。

但雄一确实觉得鲇美当时的应答有些微妙。

当时，千鹤也在放置电话机的客厅里。雄一以为是这一点让鲇美应答时显得情绪特别不稳。但是，如果这不是唯一的原因……

一种难以名状的不安感紧紧地缠住了雄一。

——只是咲子那边的事，我要好好处理一下。

假如是鲇美杀掉了咲子，那这个"好好"就像是在说处理尸体的事，可以理解为她要清除犯罪痕迹。

然而，当时正志应该在做这件事了。如果这话是鲇美对正志说的，倒还能理解。可她为什么要对雄一说呢？

已知道咲子被杀的人之间，才会有这样的对话。

鲇美认为雄一是共犯……

这太荒唐了！

雄一深深地吸了一口气。

"雄一先生……你怎么了？"

千鹤一脸担心地看着雄一。雄一咽下唾沫，摇了摇头。

鲇美为什么会把我当成共犯？

是因为案子起因于两人之间的关系？

不，这不可能。光是这一个理由的话，鲇美不会把雄一当共犯看吧。发生的毕竟是杀人案。

那到底是为什么！

——没问题的。会顺利的，一切都会处理好的。

鲇美说这些话是想让雄一安心。她说过，你不用担心……

刚才鲇美对正志说："我没有袒护你。"

换一个角度听，这句话也可以解释成"我袒护的不是你"。

袒护的难道是我？

雄一凝视着卫生间的门。鲇美一直没出来。

为什么要袒护我？有这个必要吗？

鲇美认为是雄一杀了咲子……从三个月前的那通电话开始到现在，她一直认为雄一是凶手。

为什么？

"我说雄一先生啊，"千鹤凑到他身边，"你怎么了？脸色煞白煞白的。"

"没什么……"雄一的声音在颤抖。

"没关系的,鲇美只是变得有点神经质了。从我的感觉来看,她没有杀人。雄一先生不用太担心。"

雄一朝千鹤摆摆手。

"我真的没什么,只是在想事情。你让我一个人静一静。"

"……"

千鹤对雄一的脸打量了片刻,皱着眉走开了。

鲇美,为什么!为什么你会认为是我杀了咲子?

雄一闭上眼睛,让自己平静下来,再次追忆起鲇美的种种行为。

鲇美在林中看到雄一冲出了别墅。她喊了一声,但雄一还是快步跑下了山道。鲇美回到别墅,望着雄一远去的背影。

接下来她做了什么?

回头看别墅的房子,就见咲子手里拿着冰凿子,跑出来追雄一。

不,不是这样的。

咲子没出来追雄一。如果咲子追出来了,鲇美就不会以为雄一是凶手。

也就是说……

鲇美走进别墅,在那里发现了咲子的尸体!

# 36

雄一觉得就是这么一回事。

鲇美发现了咲子的尸体。

直到前不久为止，咲子还活着。她和千鹤吵架，甩开雄一冲进了别墅。雄一去追她。之后，千鹤、正志和鲇美一直在林子里。雄一跑出别墅，而别墅中出现了咲子的尸体。于是，鲇美以为是雄一杀了咲子。

可是……

如果是这样的话，咲子又是怎么死的呢？

自杀？

这个很难想象。咲子会因为被雄一甩了就自杀？在那个女人看来，雄一就跟装饰品一样。

当然，咲子对雄一说过"我要让你知道我的厉害"，但应该不是指用自杀来报复雄一。

——我原谅你了。

咲子曾强加于人地说过这种话。这不是一个自杀者会说的话。

她生气不是因为失去了雄一，而是因为自尊受到了伤害。

咲子从厨房拿走了冰凿子。她想用它干什么？不可能是用来自杀。就算咲子要自杀，感觉也不会用这种方式。本来嘛，用冰凿子能否自杀成功都很难说。事实上一个人就算想刺自己，也很难下手。

咲子拿冰凿子是想报复雄一或鲇美吧？抑或是出于对千鹤的愤怒。

她肯定是想用这个刺鲇美或千鹤。因为雄一追来了，为了不让雄一知道，她就用毛巾包住冰凿子，跑进了客房。事实上，咲子已经用自己的行动向雄一展示了冰凿子的用途。她曾向雄一挥舞过包在毛巾里的冰凿子，虽然当时他并不知道里面是什么。

咲子并非死于自杀……

那咲子究竟是怎么死的？

不对……

雄一的手不由得摸向了自己的喉咙。他意识到了一件更为重要的事。

鲇美认定这是杀人案。也就是说，咲子的死在鲇美看来明显是他杀……

否则，她认定是雄一杀的人也未免太武断了。

凶器是冰凿子……

雄一在思考咲子是在哪里被杀的。咲子死在了别墅的何处呢？

突然，雄一睁大了眼睛。

不会吧……会有那样的事吗！

面对浮现在脑中的记忆，雄一拼命地摇头。

这种事不可能发生！这种事……雄一精神恍惚地环视掩体内部。

"正志……"雄一一边从地上站起来，一边对正志说。他的声音颤抖了。

"正志，你能不能告诉我，我们能在一瞬间之内把人……把人杀死吗？"

正志吃惊地瞪大了眼睛。

"你说什么？"

"在一瞬间之内把人杀死，这可能吗？"

"这个……"正志眼中露出胆怯之色，"我想也不是没可能。"

"怎么做？"

"怎么做……比如被核弹直接炸了。"

"不，不是这种的……你一直在管理实验动物，应该知道的吧。什么时候人会死？"

"你为什么……突然问这个？"

"告诉我，求你了。"

正志一脸不安地看着雄一，又朝对面的千鹤瞥了一眼。

"人和人搏斗时，能做到一瞬间把对方杀死吗？"

"有武器的话……比如用枪爆头。"

"不，不是用枪。"

"雄一先生说的是冰凿子。"坐在对面的千鹤说，"现在我们要说到杀人武器，肯定是指冰凿子啦。"

"啊啊……"

"能做到吗？"

"所谓一瞬间，是指当即死亡吗？"

"是的。就在刺中的一瞬间死亡……"

"我想这要看刺在什么地方。"

"比如什么地方？"

"对人来说最致命的身体组织就是大脑，所以……怎么说呢，就算是大脑，有些地方伤了也顶多是出现一些障碍症。"

雄一双膝发软。连他自己也知道自己的呼吸越来越凌乱了。

"那么……用冰凿子能刺到大脑吗？"

"从眼睛、耳朵、鼻孔等开在头盖骨上的洞刺进去，是可以的。但会不会一瞬间就死呢……"

"如果是后脑呢？"

"后脑……"正志歪了歪脑袋，随后像想起什么似的抬起头来，"啊啊，从颈后袭击的话，应该能刺到延髓吧。"

"延髓……"

"嗯,那里有被称为呼吸中枢的地方。如果被冰凿子之类前端细长的针状物刺中了,多半会瞬间死亡吧。"

"……"雄一闭起了眼睛。

"毛利君,你没问题吧?看起来很不舒服的样子。"

雄一摇了摇头,睁开眼睛。

"你再说得详细一点,具体是在颈后的什么地方?"

"毛利君……"

"求你了,告诉我!"

"应该是在这一带吧。"

正志拿手指压了压自己的颈后。那地方正好位于头和脖子的交界处。

"从这里向上扎进去的话,就会直接刺到延髓。"

雄一握紧了拳头。

"毛利君!"

听到正志的声音,雄一知道自己已经跪倒在了地上。

千鹤奔过来,抱住他的肩膀。雄一对注视着自己的千鹤摇了摇头。

"混蛋!"雄一紧紧地闭上了眼睛。

眼睑底下映出了客房中的情景。

凸窗下有一张摇椅。窗台上摆着赏叶植物的盆栽。从盆中垂落的长叶搭上了摇椅的靠背。

咲子把手上的毛巾插入盆栽间的缝隙。毛巾里包着冰凿子。咲子坐进摇椅,将毛巾挡在身后。毛巾恰好隐藏在咲子的颈后……

咲子说"我原谅你了",说着,她抱住了雄一。咲子索求雄一的唇，雄一狠狠地推开了她。被推开的咲子直接跌入摇椅，大大张开的嘴里发出了吸气的声音。椅子剧烈地前后摇晃起来。

雄一离开房间时，再次回头看咲子。咲子的表情与跌入椅中时一样，张着嘴、圆睁双目，凝视着雄一——不，只是看上去是这样。

那时……咲子已经死了！

咲子死了，是因为我把她推向了摇椅。后来，鲇美发现了咲子的尸体。并非看起来是我杀的，事实上，咲子真的是我杀的！

这双手……我用这双手杀死了咲子。

雄一的喉咙里发出了脖子被勒住似的声音。

"雄一先生！"

卫生间那边传来了开门声，鲇美奔向了雄一。

## 37

鲇美紧紧地把雄一抱在怀里，用自己的脸颊蹭他的脸颊。

"不是的，不是这样的。"鲇美的语声中含着哭腔。

"鲇美……"身后的正志用困惑的声音说。

"为什么……"雄一握紧鲇美的胳膊，"你为什么不告诉我！"

"你别这样。不是的，不是这样的，不是这样的。"

鲇美搂着雄一，不住地摇头。

"鲇美，你为什么不把实话告诉我？"

雄一拉起鲇美的身子，扣住她的双肩。鲇美两眼通红，布满了血丝。

"所以……"泪水从鲇美充血的眼里溢出，她抽动着鼻子说，"所以我才要你停手啊。明明我不想再继续这个话题的……"

"你们怎么了？"千鹤看着雄一和鲇美，"你们到底是怎么回事啊！"

雄一没有回答千鹤的问题，只是用力抓紧鲇美的肩头。

"告诉我不就好了吗？"

"我不要。我不想告诉你。我不希望你知道。我不想让雄一先生知道。"

"为什么？"

"因为我不想失去你啊！"鲇美摇晃着正在哭泣的脸，"我不想失去你。"

"我并不知道那件事。"

鲇美轻轻点头："你就是一个大笨蛋！我以为你离开别墅是想逃跑，所以……"

"告诉我，咲子是在那间客房里死的吗？"

鲇美闭上眼睛，垂下肩膀，大口地吸气。

"求求你，告诉我吧。至少我想清楚地知道自己做了什么。"

"啊？"这是正志的声音，"难道是毛利君干的？"

雄一放开鲇美的肩膀，抬眼望向站在那里的正志和千鹤。

"杀死咲子的人其实是我！"

"等一下。"千鹤蹲下身子，"你在说什么呀？这是怎么回事？这次轮到雄一先生来保护鲇美了？"

"当然不是。"雄一摇头说，"是鲇美在保护我。鲇美一直在保护我。我连害死咲子的凶手是我自己都不知道，只知道不停地折磨鲇美。"

"啊啊……"鲇美用手按住自己的额头。

千鹤用惊讶的眼神上下打量雄一和鲇美。

"'连凶手是我自己都不知道'……完全搞不懂你在说什么。"

"我在客房推开了咲子，咲子的颈部被裹在毛巾里的冰凿子刺中了。应该是刺中了正志刚才说到的那个延髓。看上去她好像没死，只是很吃惊，在大口地吸气，睁大了眼睛凝视着我。然后我就跑出了客房。就因为我这一推，导致了咲子的死亡。是我杀了她……"

"……"

对话中止了。

鲇美抱膝而坐，把头贴向了膝盖。

"不是……鲇美干的？"正志绵软无力地说。

"对不起。"鲇美依然把脸伏在膝盖上，"我对正志君做了很过分的事……对不起。"

"我……"正志话到一半，语声嘶哑下来，没再说下去。

鲇美终于仰起脸，从地上站起来，走到洗碗池前，拧开龙头洗了把脸。她用袖管擦了擦湿漉漉的脸，慢慢转向其他三人。

"当时咲子睁着眼。"她在洗碗池前坐下，目光投向了吊床，"我进了客房，就见她坐在摇椅上，简直像在盯着我看似的。我根本没觉得她已经死了。我打了声招呼，她还是一脸吃惊的样子盯着我看。我心里不安，就走到咲子身前，把手搁在她的肩上……"

鲇美突然闭上了眼睛，随后她摇着头，又慢慢地睁开了眼睛。

"我刚把手放上去，咲子的身子就'咯噔'一下向前栽倒了。

冰凿子的柄就戳在她的后颈上。"

"鲇美……"千鹤心惊胆战地说。

"毛巾盖在咲子的脖子上,冰凿子刺穿毛巾扎中了她的后颈。我想这下出大事了。不知道为什么,我先想到的是这下糟了,而不是觉得害怕。雄一先生跑出去了,我不知该如何是好。我不想把雄一先生当杀人犯看,他是为我杀的人。我一直就是这么想的,直到被关在这里为止。"

"我什么也不知道……"

雄一捏紧拳头,一拳砸向了自己的膝盖。

"雄一先生从 Daisy 打电话过来时,我松了一口气。因为我以为他去警局了,我一直很害怕他会那么做。"

"……"

"我想我必须把咲子的尸体藏起来,不能就这么放着。动作不快点的话,千鹤和正志就要回来了。在这之前,我必须把咲子转移走。当时能想到的只有防核掩体,因为我没有勇气把尸体搬很远,也没这个时间。我想藏进掩体的话早晚会被发现,但等会儿再搬到其他地方去就行了。总之现在无论如何也要先对付过去再说。从客房通过玄关搬到院子里的这段时间是最吓人的,那时要是被别人看到可就完了。咲子的身子很沉,我简直要哭了。我好不容易把尸体搬到库房那边,打开了掩体的锁。戳在咲子后颈上的冰凿子看着瘆人,我把它拔掉了。明明之前好像一点血也没出,谁知这一拔,血就突然喷出来了。我感觉血也没多少,但毛巾上一下子被染了一大片,我赶紧摁住毛巾,血马上就止住了。我用毛巾包住冰凿子……多半是在这个时候,把耳环也一起包进去了。我瞄了一眼掩体,里面黑乎乎的,看不大清,只看到有门,好像半开着。现在回想起来，那应该是卫生间的门吧。我把紧紧裹在毛巾里的冰凿子扔了下去，然后急匆匆地把咲子拖到入口处。我根本没能力背她进去，就脚冲下把她推了下去。就在这个时候，正志君来了。"

雄一注视着鲇美，变换坐姿让自己正对着她。

"你肯定觉得我很过分吧。明明杀了咲子，却假装不知道，把所有的事情都推给别人。"

鲇美摇摇头，看着雄一。

"我最害怕的是你被逮捕。过分的人是我，我把所有的事都推给了正志君。由于正志君以为人是我杀的，结果咲子就变成了事故死亡。在那以后，我一直好想见你，可是我不知道怎么联系你。千鹤和正志君多半不知道你的住址，我也不能直接上咲子家问。警方应该知道你住哪里，但我无论如何也没勇气去问。我以为雄一先生没来找我，是因为不愿再想起那件事。"

鲇美的眼睛转向正志，正志始终望着地面，不停地旋转曲柄，看上去就像丢了魂似的。

"正志君向我求婚了。我接受了，约定一毕业就结婚。我觉得自己是一个极其肮脏的女人，因为我觉得这么做就能永远让正志君以为是我杀了咲子。我想既然再也见不到雄一先生了，那么这就是最好的选择。我憎恨这么想的自己。也许……"鲇美看了雄一一眼，"我也有少女一般的情怀吧。我极其厌恶自己对正志君做下的事，但一想到我是在保护你，心里就感到平安喜乐。我想这多半是一种自我麻醉。我就像一个傻瓜，真的好傻。"

"鲇美……"

鲇美朝雄一摇摇头。

"这只是一种自我满足，并不是受了你的折磨。"她一边说一边环视掩体内部，"后来我们被关在这里，在交谈的过程中，我发现自己搞错了一件极其重要的事——雄一先生竟然没有认识到自己害死了咲子。于是，我终于明白了你当时的态度和言语中所包含的意义。那时你并没有害怕，并没有为自己杀掉咲子而感到恐惧。"

"知道这一点的时候，你为什么不把实话告诉我？"

鲇美扑哧一声笑了。

"为什么？还不是因为不想失去你吗。"

"……"

"因为我知道了，你还爱着我。痛苦的你……你现在的这个样子，是我不想看到的。毕竟我们好不容易又见面了。"

雄一站起来走向鲇美，在她身旁坐下，抱住了她的肩头。一瞬间，鲇美的表情崩溃了。

雄一把自己的唇压向了鲇美的唇。鲇美的手抓着雄一的后背，她的唇上沾满了泪水的味道。

房间的灯渐渐暗了下来。彼处传来了正志颓然坐倒在地上的声音。

灯灭了，却无人想去转动曲柄。

## 38

之后过了相当长的一段时间。

四人没再交谈过一句。雄一一直紧紧地抱着鲇美。灯灭时，换气也停止了。掩体内空气闷热、令人窒息，仿佛一切都停止了运转。

恍惚间雄一想，一切就这么一直静止不动的话，那该多好。

"正志君。"

黑暗中传出了千鹤的声音。正志没有回应。

"那天你进来的时候，为什么会去转曲柄？"

从墙边传来了叹息似的声音。

"只是下意识的。"正志说，"当时我在思考该把尸体藏哪儿……一开始我打算藏在这里。掩体里面太黑，看不大清楚，所以我想应该在哪里有开关，就去找了一下。"

缓慢转动曲柄的声音再度响起，天花板上的灯闪烁不定，仿佛正在摇晃。

"我只是摸到了这个东西，就试着转了一下。仅此而已。"

就在这时，掩体内响起了"哔哔"的蜂鸣声。

雄一一惊，在摇曳不定的灯光下抬起脸。被他紧紧抱在怀中的鲇美，手上也灌注了力量。

——里面有人吗？

从扬声器里传出了男人的声音。

"啊！有人！"千鹤叫道。

正志好像站了起来。原本忽明忽暗的灯光，亮度陡增。

——毛利雄一先生、成濑正志先生、影山鲇美小姐、波多野千鹤小姐，你们都在吗？

　　"是的是的！大家都在！"千鹤朝地板下的对讲机喊道。她的语声因兴奋而变得尖细。

　　——大家都平安无事吧？

　　"是的，都没事。"

　　——我是县警，叫汤田。我们接到了搜索请求。

　　"快……快把我们放出去！"

　　——我不太清楚情况，你们现在在哪里？

　　"啊？"

　　——我想问你们所在的地方。这个对讲机是通到哪里的？

　　"呃……是在防核掩体里。"

　　——防核掩体？在哪里？

　　"在别墅背后的库房里。库房的地上有一个四方形的盖子，下面就是入口……"

　　——库房？明白了。现在已经有警察往那边赶了。请再忍耐一会儿，我们马上就把你们救出去。

　　"谢谢！"千鹤的语声中带着哭腔。

　　——你是影山鲇美小姐吗？

　　"不，我是波多野，波多野千鹤。"

　　——啊，是波多野小姐啊。其他三位也都好吗？能不能让我听听其他几位的声音？

　　"我是毛利雄一。"雄一拍着鲇美的背喊道。

　　——你是毛利先生是吧。那成濑先生呢？

　　"我……我在。我在这里！"

——太好了。呃……影山小姐也在吧？

鲇美抬起头。

"我在。谢谢你们。"

——那我就放心了。

"那个……"千鹤说，"咲子的……三田咲子的母亲现在是什么情况？"

一时间无人应答。千鹤回头望向雄一等人。

——三田雅代女士去世了。

"啊？"

——现在我在三田家别墅的客厅里。就在刚才，我们在这个房间里发现了三田女士。好像是自杀。临死前她给县警打了个电话，说了你们四个人的事，还说用磁带录下了你们在那里的所有对话。

雄一合起双眼。鲇美的头重重地压在了他的肩头上。

——这里有一大堆磁带。我们也不知道是怎么回事，三田女士说只要听了这些磁带就能明白一切，然后就挂断了电话。我们赶到时，她已经服毒身亡了。

千鹤走向雄一和鲇美，与鲇美相对，从另一侧抱住了雄一。

——啊，喂？喂？你们能听见我的话吗？波多野小姐？你能听见我说的话吗？

蜂鸣器响个不停，警官的呼叫声在掩体中久久回荡。

雄一把嘴凑到鲇美耳边。

"谢谢你。"

听着雄一的轻声细语，鲇美一言不发，抬头凝望雄一。

哭泣中的脸庞似乎在一瞬间绽放出了微笑。

（完）